双葉文庫

はぐれ長屋の用心棒

娘連れの武士

鳥羽亮

目次

この作品は双葉文庫のために書き下ろされました。

娘《こ》連《づ》れの武士

はぐれ長屋の用心棒

第一章　長屋に来た娘

一

「さァ、みごと、おれの体に当ててみろ！」

菅井紋太夫《すがいもんだゆう》が、竹片を手にして声を上げた。

菅井の足元には三方《さんぼう》が置いてあり、二寸ほどに切断された青竹が積んである。

「この竹を、おれの体にむかって投げてみろ。おれが、居合で斬り落としてみせる。……竹ひとつが十文。おれの体に竹を当てたら、二十文進呈する。さァ、やってみろ！」

菅井は、集まっている見物人たちに竹片をかざしながら言った。

そこは、両国広小路《ひろこうじ》だった。大川にかかる両国橋の西の橋詰である。江戸でも有数の盛り場で、大勢の老若男女が行き交い、砂埃《すなぼこり》が靄《もや》のように立ち込めていた。

芝居小屋、水茶屋、床見世などが建ち並び、物売りや大道芸人などが、大声を上げて客を呼んでいる。

菅井は五十がらみ、生まれながらの牢人である。総髪が肩まで伸び、顎がしゃくれていた。目が細く、肉を抉《えぐ》り取ったように頬がこけている。般若《はんにゃ》のような顔である。

菅井は大川の岸近くに立っていた。白鉢巻きに白襷《しろだすき》、高下駄をはき、袴《はかま》の股《もも》だちを取っていた。腰には、三尺余の大刀を一本だけ差している。

菅井の生業《なりわい》は、居合抜きである。通常、居合抜きは口上を述べながら居合を観せて客を集め、薬や歯磨きなどを売り付けるのだが、菅井は何も売らなかった。竹片を使って、見物人に腕試しをさせるのである。

「だれかいないか！　おれの体にあたれば、十文の竹が二十文になって返ってくるのだぞ。……さァ、だれかやってみろ！」

菅井は、集まった見物人を見まわしながら、

「どうだ、そこの若いの、やってみんか」

と、若い男に声をかけた。半纏《はんてん》に丼《どんぶり》（腹がけの前隠し）姿だった。鳶《とび》か屋根《やね》葺《ふ》き職人といった感じである。

若者は戸惑うような顔をしたが、見物人たちの目が自分にそそがれているのを見ると、

「おもしれえ、やってやるぜ」

と言って、前に出てきた。

このころ（天保《てんぽう》年間）、そば一杯が十六文だったから、十文はたいした金額ではない。

若者は懐から巾着《きんちゃく》を取り出し、銭を摘まみ出した。

「十文の竹を、みごと二十文にしてみろ」

菅井は十文受け取り、竹片をひとつ若者に手渡した。

受け取った銭を三方の後ろに置いてあった笊《ざる》に入れると、菅井は三間半ほどの間合をとって若者の前に立った。

若者は竹片を手にしたまま身構えた。すかさず、菅井は左手で刀の鯉口《こいぐち》を切り、右手を柄《つか》に添えて居合腰に沈めた。居合の抜刀体勢である。

菅井は大道芸で居合を観せていたが、腕は本物だった。田宮流《たみやりゆう》居合の達人だ

ったのである。

私語がやみ、辺りが急に静まった。見物人たちは息をつめて、菅井と若者を見つめている。

ヤアッ！

ふいに、若者が掛け声とも気合ともつかぬ声を発し、竹片を菅井にむかって投げた。

刹那《せつな》、菅井の体が躍り、シャッ、という刀身の鞘走《さやばし》る音がして閃光《せんこう》がはしった。

戛《かつ》、

乾いた音がひびいた瞬間、竹片がふたつになって虚空に飛んだ。

辺りは、静まり返ったままだった。見物人たちは、驚いたような顔をして息を呑んでいる。おそらく、見物人たちの目には一瞬閃光が映じただけで、菅井がはなった居合の太刀筋は見えなかっただろう。

「てえしたもんだ！」

若者が声を上げた。

すると、見物人たちの間で感嘆の声が聞こえ、拍手が起こった。

「どうだ、若いの、ふたつつづけて投げてみんか」

菅井が若者に言った。

「ふたつつづけるのか」

「そうだ。ふたつつづけて投げたら、斬り落とすのはむずかしいぞ。……それにな、大きい声では言えんが、居合は一度抜くと、鞘に納めねば、次は抜けないのだ」

菅井が声をひそめて言った。

「そうか」

若者がうなずいた。竹片をふたつつづけて投げれば、居合を遣って斬り落とすのはむずかしいと分かったようだ。

「ふたつ当たれば、四十文だぞ」

さらに、菅井が言った。

「おい、三つ、つづけてもいいのか」

若者が目をひからせて訊《き》いた。

「三つでも、四つでもいいぞ」

「よし、三つくれ」

若者は巾着を取り出すと銭をつかみだし、三十文菅井に手渡した。

「若いの、三つ当てれば、六十文だぞ」

言いながら、菅井は三方に載せてあった竹片を三つ手にして若者に渡した。

すると、見物人の間から「三つだぞ！」「今度は当たる」「若《わ》えの《け》、六十文だぞ」などという声があちこちから上がった。

「いくぜ！」

若者は身構えた。右手にひとつ、左手にふたつの竹片を持っている。連続して投げる気らしい。

「さァ、こい」

菅井は、居合腰に沈めて抜刀体勢をとった。

ヤアッ！

短い気合を発し、若者が右手の竹片を投げた。

すかさず、菅井が抜きつけた。一瞬の抜刀である。

戛、と音がし、竹片がふたつになって虚空に飛んだ。

ヤアッ！　ヤアッ！

若者がつづけて、竹片を投げた。

オオッ！　と気合を発し、菅井は抜き上げた刀を袈裟《けさ》に払った。戛、という音とともに、もうひとつの竹片が斬り落とされた。

だが、三つ目の竹片が、菅井の袴の腿《もも》の辺りに当たって地面に落ちた。

「しまった！　当たった」

菅井が声を上げた。

すると、見物人のなかから「当たったぞ」「ひとつ、当たった」などという声が聞こえた。

「いやァ、たいした腕だ。若いの、手裏剣の稽古をしたことがあるのか」

菅井が、銭の入った笊を手にしながら訊いた。

「手裏剣など投げたこともねえ」

若者が、ニヤニヤしながら言った。

「それにしては、筋がいいな」

菅井は、当たったのは、ひとつだな、と言って、二十文若者に手渡した。

若者は満足そうな顔で、また、やらせてもらうぜ、と言い残してその場を離れた。

これが、菅井の手だった。若者が投げた竹片は三つとも斬り落とせたのだが、わざと一つ当たってやったのである。

全部、竹片を斬り落としてしまうと、若者はみじめな思いになったはずだ。そして、二度と菅井の居合抜きを観ようとしなくなるだろう。

見物人たちも菅井の腕に圧倒されて、竹片を投げる者はいなくなる。そうなると、菅井の商売はつづけられなくなるのだ。

菅井は居合抜きの見世物をつづけるために、若者から都合四十文受け取り、二十文返してやったのである。

二

「さァ、次はだれかな。おれの体に当たれば、二十文だぞ」

菅井がそう声を上げたときだった。

ひとりの女児《おんなのこ》が三方に走り寄り、いきなり竹片をつかむと、
エイッ！

と声を上げ、菅井に投げつけた。

ふいをつかれ、菅井はかわせなかった。竹片は菅井の袴の裾に当たり、ぽとりと地面に落ちた。

一瞬、見物人たちは目を剝《む》き、女児と菅井を見つめたが、どっと笑い声や歓声が上がった。なかには、拍手している者もいる。

女児は五、六歳であろうか。髪を多く残した芥子坊《けしぼう》に銀杏髷《いちょうまげ》を結っている。色白で、頰のふっくらした可愛い女児である。

女児はまだ投げるつもりらしく、三方の竹片を手にしている。

「だめだ、遊びじゃないぞ」

菅井は渋い顔をして、女児の手にした竹片を取ろうとした。

「まだ、やりたい」

女児は竹片を握った手を振り上げた。

「だめだ。よこせ」

菅井は女児から竹片を取り上げた。

「お父上、もう一度だけ……」

女児は眉を寄せて、泣き出しそうな顔をした。

「いま、何と言った。お父上と言わなかったか」

菅井が驚いたような顔をして訊いた。

「お父上でしょう」

「おい、おれは、おまえの父親ではないぞ」

　菅井が慌てて言った。

「そうなの……」

　女児は菅井の顔を見上げて、食い入るように見ていたが、お父上みたい、と言って、下を向いてしまった。眉《まゆ》を寄せて、泣き出しそうな顔をしている。

「名はなんという」

　菅井は、女児の顔を見たことがなかった。それに、お父上と呼んだところを見ると、武士の子であろうか。

「ふく……」

　女児が、顔を上げて言った。

「おふくか。それで、父親は武士か」

「お父上は、お侍です」

　おふくは、また菅井の顔を見つめて、お父上なんでしょう、と小声で訊いた。

「ち、ちがう。おれは、おまえの父親ではないぞ」

　慌てて、菅井が言った。

「……」

おふくは、菅井の顔を見つめたまま首をかしげている。

「おふくは、ここにひとりで来たのか」

だれか、この女児といっしょに来たはずである。

「伯父上《おじうえ》といっしょに来たの」

「伯父上な」

菅井は周囲に目をやった。

それらしい武士はいなかった。そればかりか、まわりに集まっていた見物人も、ほとんどいなくなっている。四、五人、川岸近くに立って、菅井とおふくに目をむけているだけである。

……これでは、商売にならん。

菅井は渋い顔をした。

「ねえ、お家《うち》に帰ろう」

おふくは、菅井の袴を引っ張った。

「か、帰るって——。おまえの家はどこだ」

「分からない」

おふくは眉を寄せ、いまにも泣き出しそうな顔をした。

「お、おれは、知らんぞ」

いつまでも、この児に構っていられない、と菅井は思い、居合の見世物に使う道具を片付け始めた。

道具の片付けといっても、三方、残りの竹片、高下駄、銭を入れる笊などを風呂敷に包むだけである。

「お父上、帰るの?」

おふくは、菅井の袴をつかんだまま訊いた。

「おれは、おまえの父親ではないぞ」

菅井は袴をつかんだおふくの手を振り払おうとしたが、邪険にするのはかわいそうな気がして、

「家はどこだ、送ってやろう」

と、声をやわらげて訊いた。

「分からない……」

おふくは、困ったように眉を寄せた。

「困ったな。……そうだ、ここで待っているといい。おまえといっしょに来た伯父上がな、きっと、迎えにくる。いまごろ、この近くを探しているはずだ」

この女児は、賑やかな広小路の人混みのなかでいっしょに来た伯父とはぐれ、迷子になったのだろう、と菅井は思った。はたして、女児の伯父かどうか分からないが、いずれにしろ、女児を連れてきた者が探しているはずである。

おふくは、すがるような目をして菅井を見たが、

「お父上といっしょに行く。おなかがすいた」

と言って、菅井の袴をヒシとつかんだ。

「こ、困る……」

菅井の般若のような顔がゆがみ、さらに奇妙な顔になった。

「いっしょに行く」

おふくは、泣き出しそうな顔をした。

「だ、駄目だ。ここにいろ、頼むから、ここにいてくれ」

菅井は、おふくの手を引っ張って袴からはずそうとした。

ワアアッ、
おふくが、泣き出した。

その声が大きかったせいもあって、通りかかった者たちが足をとめて菅井とおふくに目をむけた。なかには人攫《ひとさら》いでも見るような目付きで菅井を見ながら、ヒ

ソヒソ話す者もいた。

「わ、分かった。とにかく、泣くな。……めしを食わせてやるから」

菅井まで、泣き出しそうな声になった。

菅井の住む長屋は、本所相生町《あいおいちよう》にあった。伝兵衛店《でんべえだな》だが、界隈《かいわい》でははぐれ長屋と呼ばれていた。

長屋には菅井のように大道芸で口を糊《のり》する者、貧乏牢人、その日暮らしの日傭《ひよう》取り、その道から挫折した職人など、はぐれ者が住んでいたからである。菅井も、はぐれ者のひとりである。

三

華町源九郎《はなまちげんくろう》は、戸口に近付いてくる下駄の音で目を覚ました。

腰高障子に目をやると、朝の陽射しを映じて白くかがやいている。五ツ（午前八時）ごろではあるまいか。

アアアッ、
源九郎は身を起こし、大きく伸びをした。

そして、立ち上がると、捲《めく》れ上がった袴の裾を下ろして皺《しわ》をたたいた。源九郎は、昨夜、貧乏徳利の酒を遅くまで飲み、小袖に袴のまま寝てしまったのだ。

下駄の音は戸口でとまり、

「華町の旦那、起きてるのかい」

と、お熊《くま》の声が聞こえた。

お熊は、源九郎の部屋の斜《はす》向かいに住む助造《すけぞう》という日傭取りの女房だった。

源九郎が住んでいるのは、はぐれ長屋である。間口二間の古い棟割り長屋で、腰高障子につづいて狭い土間があり、その先に六畳の座敷があるだけだった。

源九郎は還暦にちかい老齢で、はぐれ長屋で隠居暮らしをしていた。無精髭が伸び、白髪混じりの髪が乱れ、鬢は横鬢《よこびん》の方に垂れている。おまけに、小袖や袴はくしゃくしゃだった。華町という名に反して、尾羽打ち枯らした貧乏牢人そのものである。

ただ、体付きはがっちりしていた。背丈は五尺七寸ほどあり、足腰は太く腰はどっしりしていた。丸顔ですこし垂れ目、何となく愛嬌《あいきょう》のある顔である。

源九郎は五十石の御家人だったが、先に妻が他界していたこともあって、倅の俊之介《しゅんのすけ》が嫁をもらったのを機に家督をゆずって家を出たのだ。若夫婦に気兼ねしながら暮らすのは嫌だったし、余生を思いのままに暮らしたいという気持ちがあったからである。

「起きてるぞ」

源九郎は、昨夜腹に掛けて寝た掻巻《かいまき》を丸めて座敷の隅に押しやった。

腰高障子があいて、お熊が入ってきた。握りめしをふたつ載せた皿を手にしていた。切ったたくわんが、添えられている。

お熊は四十過ぎだが、まだ子供がいなかった。でっぷり太り、浅黒い肌をしていた。その名の通り、熊のような大女だが心根はやさしく、面倒見もよかったので、長屋の者たちには好かれていた。

お熊は源九郎にも親切で、独り暮らしの年寄りを気遣って、残りのめしや多めに作った総菜などときどき持ってきてくれる。

「朝めしは、まだなんだろう」

お熊が、皿の握りめしを源九郎に見せながら訊いた。

「まだだ。昨夜、遅かったのでな、起きて間がないのだ」

源九郎は、昨夜酒を飲んだことは伏せておいた。

「握りめしで、いいかい」

お熊は、握りめしの皿を上がり框《がまち》近くに置いた。

おそらく、お熊は昨夜遅くまで源九郎が飲んでいたのを知っているのだ。それで、今朝は朝めしの支度をしてないとみて、残りのめしを握って持ってきてくれたのだろう。

「すまんな。これからめしを炊くのは、遅いしな」

源九郎は土間に下りると、流し場で湯飲みに水を汲んだ。茶があればいいのだが、湯が沸いてないので水で我慢しようと思った。

源九郎が上がり框近くに腰を下ろし、握りめしに手を伸ばすと、

「旦那、知ってるかい」

お熊が急に声をひそめて言った。

「何のことだ？」

「菅井の旦那のことだよ」

「菅井がどうかしたのか」

「昨日、菅井の旦那が見世物の帰りに、長屋に女児を連れてきたんだ。五、六歳の可愛い児だよ」

「菅井がな」

昨日の午後、源九郎は座敷で傘張りをしていた。それで、気付かなかったのだ

ろう。源九郎は華町家から合力があったが、それだけでは暮らしていけず、傘張りを生業にしていたのである。

「その児がね、菅井の旦那のことをお父上と呼んだんだよ」

お熊が上目遣いに源九郎を見た。

「なに！　お父上だと」

思わず、握りめしを食う源九郎の手がとまった。

「菅井の旦那の、子じゃァないかね。……おまつさんなんか、隠し子じゃァないかと言ってたよ」

おまつは、お熊の隣に住む辰次《たつじ》という日傭取りの女房である。

「まさか、菅井にかぎって……」

菅井も独り暮らしの牢人だが、女がいるような節はなかった。

「でもね、その児が、お父上と呼んだんだから、他人ということはないよ。それに、菅井の旦那は、夕めしを食わせていたようだよ」

「うむ……」

どうやら、他人ではないようだ。それにしても、お父上と呼ぶとは……。身分のある武士の子のような呼び方である。

源九郎は、握りめしを手にしたまま首をひねった。

「ねえ、旦那、ちょっと覗《のぞ》いてみないかい」

お熊が源九郎を見ながら言った。

どうやら、お熊は源九郎といっしょに菅井から話を聞きたい下心もあって、握りめしを持ってきたらしい。

「まだ、その児は菅井のところにいるのか」

源九郎が訊いた。

「いるよ。……朝めしも、ふたりで食ったはずだよ」

「覗いてみるか」

源九郎も、どんな素姓の子なのか知りたくなった。

「旦那、行こう」

お熊が立ち上がった。

「待て！　握りめしを食ってからだ」

源九郎は、水を飲みながら急いで握りめしを頬張った。

四

「菅井、いるか」

源九郎が戸口で声をかけた。

「華町か。入ってくれ」

奥で、くぐもった菅井の声が聞こえた。

「お熊、いるようだぞ」

源九郎が脇にいるお熊に小声で言った。

源九郎は腰高障子をあけて土間に入った。お熊が、源九郎の後ろに身を隠すようにして入ってきた。

座敷のなかほどに、菅井と女児が座っていた。ふたりの間に、将棋盤が置いてある。

「菅井、その児は？」

源九郎は、土間に立ったまま訊いた。

「この児か、名はおふく……。六つだそうだ」

菅井は将棋盤の前に座したまま言った。盤の上には、駒が並べてある。女児は目を瞠《みひら》いて、源九郎とお熊を見ている。なかなか可愛い女児である。

「まさか、おまえの子ではあるまい」

源九郎が声をひそめて訊いた。

「おれの子であるわけがなかろう。広小路で、迷子になったらしい。それで、連れてきたのだ。……いや、この児が勝手についてきたのだ」

菅井がそう言ったとき、

「その児が、菅井の旦那のことをお父上と呼ぶのを聞いたよ」

と、お熊が口をはさんだ。

「どういうわけか、この児は、おれのことを父上と呼ぶのだ」

菅井が戸惑うような顔をした。

そのとき、おふくが駒を菅井に見せながら、

「お父上、これ、前に動けるの」

と、訊いた。手にしているのは、歩らしい。

「その駒は、前だけだ」

菅井が言った。

「す、菅井、おまえ何をしているのだ。まさか、その児に将棋を教えているので

はあるまいな」

「い、いや、この児がな。将棋盤を見て、やりたいと言うので……。駒の動かし方でも教えてやろうかと思って」

菅井が声をつまらせて言った。

「呆《あき》れたやつだ」

菅井は無類の将棋好きだった。暇さえあれば、源九郎の家に将棋盤をかかえてやってきて、源九郎に相手をさせる。ただ、腕はそれほどでもない。下手の横好きというやつである。

おそらく、座敷の隅に将棋盤と駒が置いてあったにちがいない。それを見て、おふくが興味を持ったのだろう。

「どうだ、華町、一局指すか」

菅井が上目遣いに源九郎を見ながら訊いた。

「将棋もいいが、その児が先だな。……おまえのことを父上と呼んでるのは、どういうわけだ」

「おれにも分からんが、父親と勘違いしてるらしい」

菅井が首をひねった。

すると、黙って聞いていたお熊が、

「その児、いいとこの生まれだよ。そうでなければ、お父上なんて呼ばないもの。……でも、変だねえ。いいとこの生まれの子が、菅井の旦那のことを父親と見間違うはずはないし……」

と、首をひねりながら言った。

「お熊、どういうことだ」

菅井が訊いた。

「だって、身分のあるお侍なら、菅井の旦那のような格好はしてないだろう」

「そうだな」

すぐに、菅井も認めた。

「菅井、どうする気だ。その児の身内は、いまごろ必死になって探しているぞ。人攫いに、連れていかれたと思っているかもしれん」

「おれは、人攫いではないぞ。この児が、勝手についてきたのだ」

「それは分かったが……。どうも、腑に落ちぬ」

源九郎は、おふくという女児が、身分のある武士の子のように見えなかった。髪形も身装《みなり》も、町人の娘のようである。ただ、花柄の単衣《ひとえ》も帯も上物のようなので、裕福な家の子であることはまちがいないだろう。

「ふくという名か」

源九郎は、おふくに訊いてみた。

「そう」

おふくが答えた。

「父上の名はなんというな」

「分からない」

おふくは、首をひねった。

「母上の名は？」

「………」

おふくは急に眉を寄せ、

「おかァちゃんの名は、言えないの」

と、泣き出しそうな顔をして言った。

「うむ……」

口止めされているようだ、と源九郎は思った。ただ、おふくが母親を、おかァちゃんと呼んだことからみて、母親は町人のようだ。それに、おふくも町人の娘として育てられたにちがいない。

「ねえ、おふくちゃん、遠くから来たのかい」

お熊が猫撫で声で訊いた。

「うん」

おふくが、大きくうなずいた。

「だれといっしょに来たんだい」

さらに、お熊が訊いた。

「伯父上と」

「伯父上の名は、何というんだい」

「知らない」

おふくは、首を横に振った。

「困ったねえ」

お熊が困惑したような顔をした。

「おれが訊いても、こうなのだ」

菅井が言った。

「ともかく、この児の身内を探してやるより他にないな。長屋にいる者に話して、両国橋界隈を当たってみよう。今日も両国橋界隈に身内の者が来て、この児を探しているのではないかな」

源九郎が言うと、

「あたしが、長屋をまわってくるよ」

お熊が言って、すぐに腰を上げた。

「おれも、話してみよう」

源九郎も立ち上がった。

それから、半刻（一時間）ほどの間に、お熊や源九郎から話を聞いて、長屋の女房や居職《いじよく》の男たちが十数人集まった。そして、すぐに両国橋周辺に散り、おふくの身内を探しまわった。

八ツ（午後二時）ごろだった。おふくが、伯父上と呼んでいた男が知れた。孫《まご》六《ろく》という還暦を過ぎた年寄りが、その男を長屋に連れてきたのだ。

五

「それがし、寺井戸《てらいど》半助《はんすけ》ともうす。ふくの伯父でござる。ふくが、この長屋にいると聞いて急いで参った」

寺井戸が、額の汗を手の甲で拭きながら源九郎に言った。寺井戸は孫六といっしょに源九郎の家に立ち寄ったのである。

寺井戸は老齢だった。源九郎とちかい歳だろうか。鬢や髷は白髪で、皺や老人特有の肝斑《しみ》も目立つ。丸顔で、笑っているような細い目をしていた。いかにも、好々爺《こうこうや》といった感じである。

ただ、体は頑強そうだった。胸が厚く、首が太かった。どっしりとした腰をしている。

……武芸の修行で鍛えた体だ。

源九郎は、みてとった。

「見つかってよかった。……ともかく、本人に会ってくだされ」

源九郎は、すぐに戸口から出た。

菅井の家にむかいながら孫六に訊くと、両国広小路で冷や水を売っている梅吉《うめきち》という男に、年寄りの武士が迷子になった女児を探していたと聞いて近くを歩き、それらしい武士を見つけたという。

「さすが、孫六だ。こんなときには、頼りになる」

源九郎が言った。

「それほどでもねえ。たまたま、寺井戸の旦那のいる近くで聞き込んだからでさァ」

孫六が、胸を張って言った。

孫六は、源九郎より年上だった。何年も前に還暦を過ぎているだろう。隠居する前は、腕利きの岡っ引きだった。十年ほど前、中風をわずらい、すこし左足が不自由になって引退し、いまははぐれ長屋に住む娘夫婦の世話になっている。孫六もはぐれ者のひとりで、源九郎や菅井の仲間のひとりである。

源九郎と孫六がそんなやりとりをしている間に、菅井の家の前まで来た。戸口近くに、お熊をはじめ何人かの女房連中が集まっていた。孫六が老武士を連れてきたのを目にし、おふくが口にしていた伯父と察知して駆け付けたらしい。

「前をあけてくれ」

源九郎が声をかけると、女房連中は慌てて戸口から身を引いた。

腰高障子をあけると、菅井とおふくが将棋盤を前にして座っていた。また、菅井がおふくに将棋を教えていたらしい。

源九郎、孫六、寺井戸の三人が土間に立つと、

「伯父上！」

と、おふくが声を上げて立ち上がった。

「おお、ふく！　探したぞ」

寺井戸が言った。顔に安堵《あんど》の色があった。

まちがいなく、寺井戸はおふくの伯父らしい。

「とにかく、上がってくれ」

菅井が、将棋盤を座敷の隅に押しやった。

源九郎たちが、座敷に腰を下ろすと、おふくは寺井戸の脇に座り、肩先を押しつけるようにした。嬉しそうな顔をしている。やはり、迷子になって不安だったのだろう。

菅井が寺井戸に、両国広小路で居合抜きの見世物をしていることと、おふくを長屋まで連れてきた経緯を話すと、

「いや、まことに面目ない。それがし、あのような賑やかなところは初めてでな。芝居小屋の前で、木戸番の口上に聞きいっている隙に、ふくがいなくなってしまったのだ。慌てて付近を探したのだが、あのような人混みでは、探しようもなくて……」

寺井戸が、照れ笑いを浮かべて言った。

「寺井戸どのは、どこからおいでになった」

源九郎が訊いた。

「そ、それは……。高輪の近くでござる」

寺井戸が口ごもった。

「ところで、この児は、おれのことをお父上と呼ぶのだが、どういうわけだ」

菅井が訊いた。

「お父上だと！」

寺井戸は驚いたような顔をして、菅井の顔を見つめた。

いっとき見つめた後、寺井戸の顔が急にくずれ、

「この児の父親に、そっくりでござる」

と言って、相好をくずした。

「そんなに似ているのか」

菅井が細い目をいっぱいに瞠いて訊いた。

「髪はちがうが、顔はよく似ておられる」

寺井戸が、笑みを浮かべたまま言った。

「この児の父親が、おれに似ているとは思えんが……」

菅井は、おふくの顔を見つめながら首をひねった。

「近くで見ると、そうでもないが、遠くからだと、似ておられるな」

「おれに似ているという御仁《ごじん》だが、武士かな」

「むろん、武士でござる」

「名は？」

「な、名は、ご容赦くだされ」

寺井戸が声をつまらせて言った。

「身分は？」

さらに、菅井が訊いた。

「身分も、お話しするわけにはまいらぬが……」

「話せぬ事情があるようだな」

菅井が渋い顔をした。

そのとき、菅井と寺井戸のやり取りを聞いていた源九郎が口をはさんだ。

「この児の母御は？」

「母親も、他言できないのでござる」

寺井戸がすまなそうに言って、源九郎に頭を下げた。

「無理には、お訊きすまい」

どうやら、他人《ひと》には言えない事情があるようだ、と源九郎は思った。考えてみれば、年老いた武士が、姪の女児を連れ歩いているのも妙である。

「ところで、寺井戸どのはこの児を連れて、これから高輪まで帰られるのか」

源九郎が訊いた。

「それが、事情があって高輪には帰れないのだ」

寺井戸が困惑したような顔をした。

「では、どちらに？」

「それが、行く当てもない」

寺井戸が肩を落として言った。

「行く当てがないと」

思わず、源九郎が聞き返した。

「いかにも。それで、困っているのだが……」

寺井戸は苦慮するような顔をして口をつぐんでいたが、

「どうであろうな。……落ち着く先が見つかるまで、この長屋においてもらえまいか」

と言って、源九郎と菅井に目をむけた。

「ここにだと！　三人で、寝泊まりすることはできんぞ」

菅井が慌てて言った。

「いや、どこかあいている家があれば、そこに……」

寺井戸が、小声で言った。

「あいている家が、あるにはあるが」

源九郎は、半月ほど前、手間賃稼ぎの大工の家族が浅草に引っ越した後の家が、そのままになっているのを知っていた。

「その家になんとか、お願いできまいかな」

寺井戸が言うと、脇で聞いていたおふくが、

「伯父上、ここにずっといるの」

と、目を輝かせて訊いた。

「そうなると、いいんだが……」

寺井戸が、源九郎に目をむけ、お願いできまいか、ともう一度言った。

「分かった。大家に話してみよう」

源九郎は何とかなるだろうと思った。

大家の伝兵衛は、長屋の裏手の借家に女房のお徳《とく》とふたりで住んでいた。これまで何度か、源九郎は菅井たちといっしょに長屋の難事を解決してやったことがあった。そうしたことがあって、伝兵衛は源九郎を信頼しており、源九郎が請け人になって頼めば承知してくれるはずである。

話が一段落したところで、

「ところで、寺井戸どのは、将棋をやるのか」

菅井が、寺井戸に身を寄せて訊いた。

「それがし、酒と将棋は目がない方でしてな」

寺井戸が小声で言った。

「おれもそうだ。酒と将棋には、目がないのだ」

菅井がニンマリとした。

六

菅井が将棋盤を睨《にら》んで、低い唸《うな》り声を上げている。般若のような顔が紅潮して赭黒《あかぐろ》く染まり、よけい不気味に見える。

「こ、この金《きん》、待ってくれんか」

菅井が、低い声で言った。

寺井戸が、菅井の王の前に金を打ったのだ。これで、菅井の王の逃げ道がなくなった。

「待てないな。世話になった菅井どのでも、将棋の勝負は別だ。そうでござろう」

寺井戸が、すずしい顔をして言った。

「そ、そうだが、一手だけでも……」

菅井の声に、哀願するようなひびきがくわわった。

寺井戸たちが、はぐれ長屋に住むようになって三日目だった。さっそく、菅井が寺井戸に声をかけて、将棋を始めたのだ。

五ツ半（午前九時）過ぎである。菅井の部屋で、ふたりが将棋を指し始めて一刻（二時間）ほどになる。

おふくは、寺井戸の脇に座って将棋盤を見ていた。飽きてくると、寺井戸がとった駒を畳の上に転がして遊んだり、戸口から外を覗いたりしている。

源九郎の姿もあった。菅井の家に足を運んできて、ふたりの将棋を観戦していたのだ。源九郎は寺井戸の将棋の腕が、どれほどなのか興味があったのである。

……菅井の相手ではない。

と、源九郎はみてとった。

寺井戸は自分でも将棋に目がないと言っていたが、かなりの腕である。菅井の腕では、飛車、角を落としてもらわなければ、勝負にならないだろう。

「待てなどと、将棋指しの言とは思えませんぞ」

寺井戸が、もっともらしい顔をして言った。

「ならば、もう一手だ！」

菅井が、将棋盤の上の駒を掻き混ぜてしまった。

「華町どのも、将棋を指されるのか」

寺井戸が、源九郎に顔をむけて訊いた。

「並べるくらいなら」

「わしと一手、どうかな」

寺井戸が、口許に笑みを浮かべて訊いた。

源九郎は菅井に目をやった。負けて熱くなっている菅井は、もう一局寺井戸と指したいのではないかと思ったのである。

菅井は憮然《ぶぜん》とした顔で、「華町の次でいい」と言った。

「ならば、一手、ご指南いただくか」

源九郎は腰を上げ、将棋盤の前に座ろうとした。

そのとき、戸口に走り寄る足音がし、

「菅井の旦那、いやすか！」

と、男の声が聞こえた。

茂次《しげじ》である。茂次も長屋の住人で、研師《とぎし》だった。若いころ、名のある研屋に弟子入りしたのだが、師匠と喧嘩して飛び出してしまった。いまは、裏路地や長屋をまわり、包丁、鋏《はさみ》、剃刀《かみそり》など研いだり、鋸《のこぎり》の目立てなどをして暮らしていた。茂次もはぐれ者のひとりで、源九郎たちの仲間だった。

「いるぞ」

菅井が声を上げると、すぐに障子があいた。

顔を出した茂次は、源九郎の顔を見ると、

「華町の旦那も、ここでしたかい。いま、旦那の家に寄ったんですがね、いねえんで、ここにまわったんでさァ」

茂次が早口でしゃべった。

「それで、何があったのだ」

源九郎が訊いた。

「お侍が、斬られていやす」

「侍がな」

騒ぎたてることはない、と源九郎は思った。町方や目付筋でもないのに、武士が斬られたからといって、源九郎たちが騒ぎたてることはないのだ。

「侍といったな」

そのとき、寺井戸が、茂次の方に膝をむけて訊いた。顔がひきしまり、声に強いひびきがある。

「へい」

茂次が戸惑うような顔をした。茂次も、寺井戸とおふくのことは知っていたが、まだ言葉を交わしたことはなかった。

「場所は、この近くか」

寺井戸が訊いた。

「二ツ目橋の近くでさァ」

二ツ目橋は、竪川《たてかわ》にかかっている。はぐれ長屋からは、近かった。寺井戸も、二ツ目橋は知っているはずである。竪川には、大川近くの一ツ目橋から東にむかって二ツ目橋、三ツ目橋と、順にかかっている。

「行ってみよう」

すぐに、寺井戸は腰を上げた。

「ま、待て、将棋はどうするのだ」

菅井が慌てた様子で言った。

「将棋は後にしてくれ」

寺井戸は、ふく、ひとりで家にもどれるな、と訊いた。

「うん」

おふくは、こくりとうなずいたが、寂しそうな顔をしている。

寺井戸たちの家は、菅井の棟の向かいにあった。菅井の家の戸口に立てば、斜向かいに見える。

「旦那たちは、どうしやす」

茂次が、源九郎と菅井に目をむけて訊いた。

「行ってみるか」

源九郎は腰を上げた。ここにいて、菅井とふたりで将棋を指す気にはなれない。

「おれも行くぞ」

菅井も立った。

寺井戸、源九郎、菅井の三人が、戸口に出ると、

「あっしが案内しやしょう」

と言って、茂次が先にたった。

七

源九郎たちが二ツ目橋のたもとまで来ると、

「橋を渡った先で」

そう言って、茂次が橋を渡り始めた。

渡った先は、本所松井町《まついちよう》と林町《はやしちよう》の町境である。そこから、深川にむかって表通りが延びている。

橋を渡るとすぐ、茂次が川沿いの道を指差し、

「あそこでさァ」

と言って、左手を指差した。

川岸近くの桜の樹陰に、人だかりができていた。通りすがりの者が多いようだ

が、長屋の住人たちも何人か来ていた。孫六と平太《へいた》の顔もある。

平太は、まだ十五歳だった。鳶をしているが、目明しになりたがっていて、栄《えい》造《ぞう》という親分の下っ引きをしている。足が速く、動きがすばしっこいことから、すっとび平太と呼ばれている。平太も、源九郎たちの仲間のひとりだった。

「前をあけてくんな」

茂次が声をかけると、人垣が割れて道をあけた。

孫六と平太は源九郎たちに気付くと、すぐに近付いてきた。

桜の幹の近くに、八丁堀同心とその手先らしい男が立っていた。その足元に、男がひとり横たわっている。羽織袴姿で、刀の鞘が見えた。武士である。

八丁堀同心は、南町奉行所の定廻り同心の村上彦四郎《むらかみひこしろう》だった。源九郎は、村上と顔見知りだった。これまではぐれ長屋の者がかかわった事件で、源九郎は村上と何度か顔を合わせ、事件の解決に手を貸したこともあったのだ。

源九郎たちが、倒れている武士に近寄ると、

「華町の旦那かい」

村上が声をかけ、口許に苦笑いを浮かべた。

「死骸《ほとけ》を見せてもらってもいいかな」

源九郎が訊いた。

「かまわねえよ」

村上は、すこしだけ身を引いた。袈裟に斬られたらしく、左の肩が裂けて、どす黒い血に染まっている。叢にも、血が飛び散っていた。

武士は刀を手にしていた。何者かと闘って斬られたらしい。

寺井戸が叢《くさむら》に横臥《おうが》している武士の横顔を覗き込み、

「平松《ひらまつ》どの！」

と、驚いたような顔をして言った。その顔を悲痛の翳《かげ》がおおい、死体を見つめた双眸《そうぼう》が鋭くひかっている。

「その御仁は？」

村上が、源九郎に訊いた。

「寺井戸半助どのだ。ゆえあって、長屋に越してきた」

源九郎は、そう言うしかなかった。寺井戸のことは、ほとんど知らなかったのである。

「死骸の知り合いらしいな。……話を聞かせてもらっていいかな」

村上が源九郎に訊いた。

「かまわんだろう」

源九郎も、寺井戸から話を聞きたかった。

村上は寺井戸に歩を寄せ、

「それがし、南町奉行所《みなみ》の村上でござるが、この武士を知っておられるのか」

と、訊いた。ふだんは、伝法な口をきく村上も、寺井戸が武士だったので、丁寧な物言いをしたらしい。

「し、知ってはいるが……」

寺井戸が戸惑うような顔をした。

「幕臣ですか」

「い、いや、幕臣ではござらぬ」

「では、大名家のご家臣ですか」

村上は、死んでいる武士の身装から牢人ではないとみたのであろう。

「そうだ。……名は平松兵助《ひょうすけ》にござる」

「平松どのが大名家のご家臣であれば、われら町方の出る幕はござらぬが、せめて藩名だけでもお聞かせいただけようか」

村上が言うとおり、町奉行は江戸に住む町人を支配していた。武士、僧侶などは支配外である。ちなみに、幕臣はそれぞれの頭《かしら》が支配し、藩士は藩主が支配している。

寺井戸は躊躇《ちゅうちょ》するような素振りを見せたが、

「……出羽国《でわのくに》の横沢《よこざわ》藩でござる」

と、小声で言った。

源九郎は横沢藩のことを知っていた。知っていたといっても、横沢藩は六万五千石の大名で、藩主の名が益田《ますだ》土佐守《とさのかみ》忠吉《ただよし》ということぐらいである。

……寺井戸どのも、横沢藩士であろうか。

源九郎は、寺井戸が江戸詰の藩士とは思えなかった。老齢だし、江戸詰の藩士が、おふくのような幼い女児を連れ歩いているはずはない。

「ところで、寺井戸どのは、平松どのを斬った下手人に心当たりがござろうか。辻斬りや追剝《おいは》ぎの類に襲われたのであれば、われら町方も下手人の探索にあたらねばならないが」

村上が寺井戸に訊いた。

「いや、探索にはおよばぬ。平松は、私的な揉《も》め事で家中の者に襲われたとみられる。……横沢藩の目付《めつけ》筋の者が下手人を明らかにし、始末をつけるはずだ」

寺井戸が、強いひびきのある声で言った。

どうやら、寺井戸は町方に手を引いてもらい、藩内で始末をつけたいらしい。横沢藩にすれば、当然であろう。騒ぎが大きくなれば藩の恥になるばかりか、状況によっては幕府から咎《とが》めを受けるかもしれない。

……やはり、寺井戸どのは横沢藩士らしい。

と、源九郎は思った。寺井戸は藩士らしいことを口にしたのである。

「承知した。われら町方は、手を引きましょう」

そう言って、村上は身を引いた。

村上にしても、支配外の事件に首をつっ込みたくはないのである。

源九郎は寺井戸と村上のやり取りが終わると、あらためて死体に目をやった。

平松は、袈裟に一太刀で仕留められていた。深い傷で、鎖骨を截断《せつだん》し胸まで斬り下げられている。

……下手人は遣い手だ！

と、源九郎はみてとった。

源九郎の顔が、ひきしまった。ふだんは丸顔で垂れ目の茫洋《ぼうよう》とした顔だが、双眸が切っ先のようにひかり、剣客らしい凄《すご》みのある顔に変わっている。

老いてはいたが、源九郎は鏡新明智流《きょうしんめいちりゅう》の達者だった。十一歳のとき、日本橋茅場町《かやばちょう》にあった桃井春蔵《もものいしゅんぞう》の士学館《しがくかん》に入門し、稽古に励んだのだ。そして、士学館の俊英と謳《うた》われるほどに腕を上げたが、師匠の勧める旗本の娘との縁談を断って、道場に居辛くなってやめてしまった。その後、五十石の華町家を継ぎ、御家人として無為な暮らしをつづけてきたのである。

「華町、下手人は剛剣だぞ」

菅井が低い声で言った。細い目が、切っ先のようにひかっている。菅井も平松の刀傷を見て、下手人が遣い手であることを察知したようだ。

「平松どのを斬ったのは、何者かな」

そう言って、源九郎がそばにいる寺井戸に目をむけた。

「何者かは分からぬが、すぐに手を打たねばならぬ」

寺井戸が低い声でつぶやいた。

第二章　仲間たち

一

「菅井、寺井戸どのとは指さんのか」

源九郎が、将棋の駒を将棋盤に並べながら訊《き》いた。

「ああ……」

菅井は気のない返事をし、駒を並べている。

源九郎の家だった。朝方、菅井が飯櫃《めしびつ》と将棋盤をかかえて源九郎の家にやってきたのだ。飯櫃には、ふたり分の握りめしが入っていた。

寺井戸たちが長屋に来る前まで、菅井は雨風のために居合の見世物に出られないとき、決まってふたり分の握りめしと将棋盤をかかえて源九郎の家にやってきた。ふたりで、握りめしを頬張りながら、将棋を指すのである。

菅井は几帳面《きちようめん》なところがあり、朝めしを抜くようなことはしなかった。前日の夕めしのおりに翌朝の分も炊いておいたり、朝早く起きて炊いたりするのだ。

ところが、寺井戸が長屋に来てから、菅井は源九郎の家にあまり顔を出さなくなった。寺井戸という将棋相手ができたからである。

その菅井がどういう風の吹きまわしか、今朝、飯櫃と将棋盤をかかえて源九郎の家にやってきたのだ。

「それに、今日は雨ではないぞ」

源九郎が言った。曇天だったが、居合の見世物には行けるだろう。

「だが、いまにも降ってきそうだ」

「明るくなってきたがな」

源九郎は、それ以上言わなかった。菅井は、居合の見世物に行く気はないのである。

「さァ、やるぞ」

駒を並べ終わると、菅井が声を上げた。

ふたりが、三手まで指したときだった。腰高障子の向こうで足音が聞こえ、茂次が顔を出した。

「おっ、やってやすね」

茂次は勝手に座敷に上がってきた。

「茂次、仕事はどうした」

源九郎が訊いた。

茂次も何か理由をつけては、研師《とぎし》の仕事を休むのだ。

「雨が降ってきそうなんでね。今日は、休んだんでさァ」

茂次が首をすくめながら言った。

「おまえも、そうか」

菅井が将棋盤を睨《にら》むように見すえながら言った。

「それに、ちょいと気になることがありやしてね」

「気になるとは？」

源九郎が訊いた。

「寺井戸の旦那ですがね。一昨日、一ツ目橋のたもとで、お侍と話してるのを見かけやしたぜ」

茂次によると、寺井戸と話していたのは、羽織袴姿の武士だという。

「寺井戸どのにも、事情があるのだろう」

源九郎が言うと、

「おれも、寺井戸どののことで気になることがあるのだ」

菅井が言い出した。

「何が気になる？」

「ちかごろ、長屋を留守にすることが多い。それに、おれとの将棋を避けている節があるのだ」

菅井が小声で言った。

「うむ……」

言われてみれば、竪川沿いの通りで、平松兵助が殺されてから、寺井戸の様子がおかしい。長屋にいるときは、自分の家から出ないようだし、出かけるときは朝方や夕方が多いのだ。しかも、すぐに帰ってくるらしい。

「それに、他にも気になることがあるんでさァ」

茂次が言った。

「どんなことだ？」

「いえ、長屋の忠助《ちゆうすけ》から聞いたんですがね。お侍がふたり、竪川沿いの通りで、寺井戸の旦那やおふくちゃんのことを訊いていたらしいんでさァ」

忠助は、はぐれ長屋に住む手間賃稼ぎの大工である。

長屋の住人はおふくのことを、おふくちゃんと呼ぶ者が多かった。

「ふたりの武士がな」

源九郎は首をひねった。ふたりの武士が何者か、見当もつかなかった。

源九郎が茂次と話していると、

「華町、おまえの番だ。おまえの——」

菅井が渋い顔をして言った。

「おお、そうか」

源九郎は考えもせず、歩を菅井の金の前に打った。

「この歩、ただでくれるのか」

「歩などくれてやる」

源九郎は、将棋を指す気が失せていた。

「いいのか。……角の逃げ道もなくなったぞ」

菅井は金で歩をとったが、おもしろくないような顔をしている。源九郎が、いい加減に指しているのを知っているのだ。

そう言って、源九郎が角で桂馬をとった。せめて、角と桂馬を交換しようと思ったのである。

「華町、すまないなァ」

菅井が金で角をとったときだった。

また、腰高障子に近寄ってくる足音がした。足音は障子のむこうでとまり、

「華町どの、おられるか」

と、寺井戸の声がした。

「いるぞ！」

声を上げたのは、菅井だった。

菅井の顔がほころんでいる。源九郎に代わる将棋相手が、やってきたと思ったのかもしれない。

腰高障子があいて、寺井戸が土間に入ってきた。寺井戸は菅井の顔を見ると、

「菅井どのもいっしょなら都合がいい」

と言って、腰に差した大小を鞘《さや》ごと抜いた。どこかに、出かけた帰りに立ち寄ったらしい。

「角もくれてやる」

「寺井戸どの、いいところに来たぞ。将棋を指そうと思ってな。おぬしが来るのを待っていたのだ」

そう言って、菅井がニヤリとした。

「いや、将棋は遠慮したい。今日は、おりいってふたりに頼みがあって来たのだ」

寺井戸は厳しい顔をして言った。

「そ、そうか……」

菅井は肩をすぼめた。寺井戸には、取り付く島もなかった。

「ともかく、上がってくれ」

源九郎が言った。

寺井戸が座敷に上がると、茂次は、

「あっしは、遠慮しやしょう」

と言って、腰を上げた。源九郎、菅井、寺井戸の三人の話に、自分がくわわるのは気が引けたようだ。

二

寺井戸は座敷に腰を下ろすと、

「華町どのと菅井どのに、頼みがある」

と、真剣な顔で切り出した。

「頼みとは」

源九郎は、寺井戸に膝をむけて座りなおした。

「ふくが、命を狙われているようなのだ」

「命を狙われているだと！」

思わず、源九郎が聞き返した。

「それで、華町どのや菅井どのに手を貸してもらいたいのだ」

「手を貸せといわれても事情は分からんし、おれたちは見たとおりずぼらで、頼りにならない者たちだからな」

源九郎が言った。

「華町どのたちの噂は、近所で耳にしている。そこもとたちは、勾引《かどわ》かされた娘を助けたり、ならず者から商家を守ったりしてきたそうではないか」

「たいしたことはしてないが……」

源九郎の顔に、照れたような表情が浮いた。

たしかに、寺井戸の言うとおり、源九郎たちは無頼牢人に脅された商家を守ったり、勾引かされた娘を助け出したりしてきた。むろん、ただではない。その都度、依頼金や礼金を貰っていた。それが、源九郎たちの暮らしの糧にもなっていたのだ。

そんな源九郎たちのことを、界隈《かいわい》に住む者たちは陰ではぐれ長屋の用心棒と呼んでいたのである。

「事情が分からないと、返事のしようがないな」

菅井が言った。

「藩の恥ゆえ、口にできないこともあるが、できるかぎり、ふたりには話しておこう」

そう前置きして、寺井戸が話し出した。

おふくとおふくの母親のおせんは、ふたりで高輪に住んでいたという。ところが、ふたりの命を狙っている者たちがいて、住居《すまい》を襲われたことがあった。そのときは、たまたま寺井戸と殺された平松、それに松浦仙之丞《まつうらせんのじょう》という横沢藩士がいて機転を利かし、何とかふたりを逃がすことができた。

だが、これ以上おふくとおせんの身を守ることはむずかしいとみて、ふたりを別々に逃がすことにした。別にしたのは、母子《おやこ》連れではおふくとおせんであることを隠すのがむずかしかったからである。

そして、平松と松浦がおせんを、寺井戸がおふくを連れて高輪を離れた。寺井戸はおふくとともに身を隠すために、高輪から日本橋を経て両国まで来たという。

「そこで、ふくとはぐれ、菅井どのに助けてもらったのだ」

寺井戸によると、芝居小屋の木戸番の口上に聞き入っていたというのは嘘で、人混みのなかで追っ手らしい武士の姿を見かけたため慌てておふくと離れた。ところが、おふくが人波に押されて離れ離れになり、見失ってしまったという。

「ところで、おれに似ているというお父上だが、いったい何者なのだ？」

菅井が訊いた。気になっていたらしい。

「名前は、勘弁してくれ。話せるときが来たら、お話しする。いまは、身分のある方とだけ、お話ししておく」

寺井戸が言いにくそうだった。

「その身分のある方とおせんという母親との子が、おふくだな」

源九郎が訊いた。

「そうだ」

「ところで、おふくと母親のおせんの命を狙っている者たちは」

源九郎が声をあらためて訊いた。

「家中の者であることははっきりしているが、まだ、何者なのか分からないのだ」

「二ツ目橋の近くで殺された平松どのは、おふくと母親の命を狙っている者たちの手にかかったのだな」

「わしは、そうみている」

「平松どのも横沢藩士だったな」

寺井戸が平松の死体を見たとき、顔に悲痛の色を浮かべたことからみて、平松は寺井戸の味方のようだ。

「そうだ。平松どのは、わしらとおせんどのや藩との連絡役をしてくれていたのだ」

「さきほどここにいた茂次が、長屋を探っている武士がいるらしいと話していたが、そやつらが、おぬしやおふくの命を狙っているのではないか」

源九郎が訊いた。

「わしも、それらしい武士を目にした。……それで、華町どののたちに手を貸してもらいたいと思ったのだ」

「うむ……」

源九郎は、寺井戸とおふくが置かれている状況は分かった。だが、相手が何者なのかみえてこない。現状では、ふたりの命を守ることはむずかしいだろう。

源九郎がそのことを話すと、

「華町どのの懸念は、もっともでござる」

寺井戸が前置きして、さらに話をつづけた。

「わしとふくの討っ手は、四、五人とみている。そのなかで、ひとりだけは名が知れている。平松どのは殺される以前にも襲われたことがあり、そのとき名を耳にしたらしい。……横沢藩士で、一刀流《いっとうりゅう》の達人の馬淵新兵衛《まぶちしんべえ》でござる」

「すると、平松どのを斬ったのは馬淵か」

源九郎が訊いた。

「わしも、そうみているが、はっきりしたことは分からぬ」

「それで、馬淵という男だが、なぜおふくの命を狙うのだ」

「馬淵は何者かの指図で動いているとみている。馬淵の背後にいる者は何者なのか、まだつかめていないのだ」

「うむ……」

次に口をひらく者がなく、座敷は重い沈黙につつまれたが、

「ところで、寺井戸どのは、横沢藩の家臣なのか」

と、源九郎が声をあらためて訊いた。

「いまは、隠居の身でござる」

寺井戸は若いころから江戸詰で、愛宕下《あたごした》にある藩の上屋敷で暮らしていたという。ところが、五年ほど前に寺井戸の嫡男の依之助《よりのすけ》が出仕し、江戸勤番として江戸で暮らすようになったのを機に、隠居したそうだ。

「隠居した寺井戸どのが、なぜおふくの命を守って討っ手から逃げまわっているのだ。……それに、おぬしがおふくの伯父とは、どういうことだ」

菅井が不審そうな顔をして訊いた。

「い、いや、わしは、ふくの伯父ではない。……ふくにはすまないが、連れ歩くのに伯父ということにしたのだ。それで、ふくには伯父と呼ぶよう言い聞かせて

おいた。身分のある方がふくの父親なので、祖父とは名乗りづらかったのでな」

寺井戸が困惑したように言った。

「まだ、分からないことばかりだが……。どうする、菅井」

源九郎が菅井に目をむけて訊いた。

「華町、ここで、寺井戸どのたちを長屋から追い出すわけには、いくまい」

菅井が言った。

「そうだな」

源九郎も、寺井戸とおふくを長屋から追い出すのは、可哀相《かわいそう》な気がした。

「それに、おれは、まだ寺井戸どのに将棋で勝っていないからな。勝つまでは、長屋から出てもらっては困るのだ」

菅井が、当然のような顔をして言った。

三

源九郎と菅井が寺井戸から事情を聞いた翌日、本所松坂町《まつざかちよう》にある亀楽《きらく》という飲み屋に六人の男が集まっていた。

源九郎、菅井、茂次、孫六、三太郎《さんたろう》、それに平太だった。この六人が、はぐれ長屋の用心棒と呼ばれる連中である。ただ、外見は用心棒と呼ばれるには、相応《ふさわ》しくない者たちだった。源九郎と菅井は貧乏牢人そのものだったし、茂次たち四人は、いずれもその道から挫折した男たちである。

源九郎たちは、亀楽を馴染《なじ》みにしていた。はぐれ長屋から近かったこともあるが、何より酒が安かった。それに、あるじの元造《もとぞう》は寡黙で愛想など口にしたことがないが、気のいい男で、源九郎たちが長く居座っても文句ひとつ言わなかった。それに、源九郎たちが頼めば、店を貸し切りにもしてくれたのだ。

源九郎たちは土間に置かれた飯台を前にし、腰掛け代わりの空き樽に腰を下ろしていた。

「ゆっくりやってくださいね」

店の手伝いをしているおしずが、肴《さかな》を運んできた。肴は、炙《あぶ》ったするめとたくわんの古漬けだった。

おしずは、平太の母親だった。平太といっしょにはぐれ長屋に住んでいるが、亀楽の手伝いに来ていたのである。

「するめは、好物でさァ」

孫六が目尻を下げて言った。

孫六は無類の酒好きだったが、家では同居している娘夫婦に遠慮して飲まないようにしていた。それで、源九郎たちと亀楽で飲むのを楽しみにしていたのだ。

「話は、一杯やってからだな」

源九郎は銚子を手にし、「さァ、飲め」と言って、脇に腰を下ろしている孫六の猪口《ちょく》に酒をついでやった。

「ヘッヘ……。ありがてえ」

孫六は猪口を両手で持って、一気に飲み干した。

源九郎たちはいっとき注ぎ合って猪口をかたむけた後、

「寺井戸どのに、頼まれたことがあるのだ」

と、源九郎が切り出した。

「やっぱり、寺井戸の旦那のことですかい」

茂次が言った。茂次は、寺井戸が源九郎の家に来たとき座敷にいたので、そこで寺井戸から何か話があったとみたのだろう。

「どうやら、おふくが何者かに命を狙われているらしいのだ」

「あの娘《こ》の命を狙っている者がいるんですかい」

孫六が驚いたような顔をした。

「そうらしい。……竪川沿いで、武士が斬り殺されたのを知っているな」

「へい」

茂次が答えた。

「殺されたのは、出羽国の横沢藩の者で、名は平松兵助どの。寺井戸どのの仲間らしい」

源九郎はそう前置きし、おふくと母親のおせんが何者かに命を狙われ、寺井戸がおふくを連れて逃げてきた経緯をかいつまんで話した。

「おふくの父親は、だれです」

茂次が訊いた。

「それが、寺井戸どのは口にしないのだ。身分のある者らしいがな」

横沢藩にかかわりのある者だろう、と源九郎はみていたが、まだ口にはできなかった。

「それで、あっしらは何をやればいいんで」

孫六が猪口を手にしたまま訊いた。顔が赭黒《あかぐろ》く染まってきた。たてつづけに、猪口の酒を飲んだらしい。

「寺井戸どのに、おふくの命を守ってほしいと頼まれたのだ」

源九郎が男たちに視線をやって言った。

「命を守ってくれと言われても、おれは刀は遣えねえし、長屋にいねえことが多いし……。何もできねえ」

三太郎が、つぶやくような声で言った。

三太郎は顔が長く、頬がこけて顎が妙に大きかった。肌の色艶が悪く、青瓢《あおびょう》簞《たん》のような顔をしている。

三太郎は砂絵描きだった。砂絵描きは、染め粉で染めた砂を色別に小袋に入れて持ち歩き、人出の多い寺社の門前や広小路などの地面に砂を垂らして絵を描き、見物人から投げ銭を貰う見世物である。

「命を守るといっても、おふくに張り付いているわけにはいかないだろう。まず、おふくの命を狙っている者を探ることからだな」

源九郎は、相手が分からないことには手の打ちようがないとみていた。

「探るといっても、厄介《やっかい》ですぜ。相手は腕のたつ侍のようだし、下手をすりゃア、平松さまの二の舞いだ」

茂次が言った。

次に口をひらく者がなく、店内が重苦しい雰囲気になったとき、

「おい、ただではないぞ」

と、菅井が言い出した。

「お手当てがあるんですかい」

孫六が、猪口を手にしたまま上目遣いに源九郎を見た。いつも、金を分けるのは源九郎の役目である。

「ある」

源九郎が、懐から分厚い財布を取り出した。

孫六や茂次たちの目が、いっせいに財布に集まった。

「三十両だ。寺井戸どのが出してくれたのだ。……うまくことが済めば、さらに礼金がもらえるかもしれん」

そう言って、源九郎は財布を飯台の上に置いた。そのなかに、三十両入っているらしい。

「どうだ、やるか」

源九郎が訊いた。

「や、やる！」

孫六が言うと、茂次たちも、やる、やる、と声を上げた。

「では、三十両を六人で分けることにする。……ひとり頭、五両だな」

これまで、源九郎たちは、依頼金や礼金など六人で等分に分けてきた。飲み代として、いくらか徴収しておくことが多かったが、今回は分けづらいこともあって三十両全部分けることにしたのだ。

財布のなかには、小判が入っていた。源九郎は六人の前に小判を五枚ずつ置いた。

「ありがてえ」

孫六が懐から巾着《きんちゃく》を取り出し、小判を大事そうに入れた。

それぞれが、小判をしまうと、

「今夜は、ゆっくりやろう」

源九郎が声を上げて銚子をとった。

「よし、飲むぞ！」

孫六が、猪口をかざして声を上げた。

四

「どうも、気が乗らんな」

源九郎が生欠伸《なまあくび》を嚙み殺しながら言った。

菅井の家だった。源九郎と菅井は、上がり框《がまち》近くに腰を下ろして将棋をしていた。戸口の腰高障子が、一尺ほどあいたままになっている。その障子の間から、ときどき斜向《はす》かいにある寺井戸とおふくの住む家の戸口に目をむけていた。うろんな者が近付かないか、見張っていたのである。

おふくを守るといっても、源九郎と菅井にはやることがなかった。討っ手が踏み込んでくるのに備えて長屋で待機し、おふくの家を見張っていることぐらいである。

源九郎と菅井は長屋にいることにも退屈して、将棋を指そう、ということになったのである。

「そうだな」

菅井が渋い顔をして言った。めずらしく、菅井も気が散って将棋に集中できないらしい。

「ふたりとも、家にいるのだな」

源九郎が念を押すように訊いた。

「いるはずだ」

「用心して、長屋から出ないようにしているらしいな」

「寺井戸どのも、退屈してるだろうな。……どうだ、ここにふたりを呼んでくるか」

菅井が言った。

「呼んできて、どうするのだ」

「将棋だ。寺井戸どのと、指すのだ」

「勝手にしろ」

源九郎がそう言ったときだった。

戸口に近付いてくる下駄の音がした。

「だれか、来るぞ」

源九郎と菅井は、戸口の腰高障子の隙間に目をやった。

下駄の音が戸口でとまり、障子の間から浅黒い女の顔が見えた。お熊である。

「お熊か、入ってくれ」

すぐに、源九郎が声をかけた。

「やっぱり、華町の旦那もここにいたね」

そう言って、お熊は土間に入って来た。

「お熊、何の用だ」

菅井が渋い顔をして訊いた。

「おかしな男がふたり、長屋の者におふくちゃんのことを訊いてたんだよ」

「どんな男だ」

「ふたりとも、町人だったよ」

お熊が、遊び人ふうだったと口にした。

「武士ではないのか」

源九郎は、馬淵たちがおふくの居所を探りにきたのではないかと思ったのだ。

「お侍はいなかったね」

「そのふたりは、いまもいるのか」

菅井が腰を上げて訊いた。

「もういないよ」

お熊によると、小半刻（三十分）ほど前に、路地木戸から出ていったらしいという。

「長屋のだれに訊いていたのだ」

「おまつさんとお妙《たえ》さん、まだ、井戸端にいるから呼んでこようか」

お熊が言った。

「いや、おれたちが行こう」

源九郎も腰を上げた。

源九郎も菅井も、将棋をやる気は失せていたのだ。

お熊と三人で井戸端に行くと、おまつとお妙、それにおとよが立ち話をしていた。おとよは、ぼてふりの女房である。

おまつたち三人の脇に、手桶が置いてあった。水汲みに来て、そのまま話し込んでいるらしい。

「おまつさん、お妙さん、遊び人みたいな男に話を訊かれたと言ったね」

すぐに、お熊が言った。

「そうなんだよ。ここで、しつこく、おふくちゃんのことを訊かれたんだよ」

そう言って、おまつが眉を寄せた。

「何を訊かれたのだ」

源九郎が、おまつとお妙に目をむけて訊いた。

「ちかごろ、年寄りのお侍と五、六歳の娘が、長屋に越してこなかったか、訊いてましたよ」

お妙が、うわずった声で言った。

「それで、何と答えた」

「長屋に越してきたって、言ったけど。……まずかったかい」

おまつが、急に心配そうな顔をした。

「いや、いい」

長屋の者に口止めしておかなかった、自分たちが迂闊《うかつ》だった、と源九郎は思った。長屋の者に口止めしても、長屋の近所で聞き込めば分かることだと思い、あえて源九郎たちは口止めしなかったのだ。

「そのふたり、おふくという名を口にしたのか」

「おふくちゃんと寺井戸さまの名を出してね、長屋にいるか訊いたんですよ」

お妙が言った。

「まちがいなく、おふくと寺井戸のことを探りに来たようだ」

ふたりの町人が何者か分からないが、おふくの命を狙っている者たちとみていいだろう。馬淵たちの仲間かもしれない。

「旦那、おふくちゃんたちのこと、話しちゃいけなかったのかい」

お妙が心配そうな顔して訊いた。

「いや、そんなことはない」

話してしまったことはしかたがない。源九郎は、このことを寺井戸の耳にも入れておこうと思った。源九郎と菅井は、すぐに寺井戸とおふくのいる家にむかった。

ふたりが、腰高障子をあけて土間に入ると、

「お父上と、華町さまだ！」

と、おふくが声を上げて、上がり框のそばへ来た。

おふくは千代紙を折って遊んでいたらしく、座敷には千代紙が散らばっていた。寺井戸は茶を飲んでいたようで、膝先に湯飲みがあった。そうやっているふたりの姿には、祖父と孫娘のような雰囲気がある。

「何か、あったのか」

寺井戸が、すぐに訊いた。源九郎と菅井が、慌てた様子で入ってきたからだろう。

「おぬしたちのことを探っている者たちが、長屋まで来たようだ」

源九郎が、おまつとお妙から聞いたことを話した後、

「ふたりとも町人らしいが、何者か分かるか」

と、訊いた。

「いや、分からん。そやつらも、馬淵たちの仲間かな」

寺井戸が首をひねった。

「仲間とみていいな。……いずれにしろ、おふくやおぬしが、ここにいることを馬淵たちが知ったとみた方がいいぞ」

「うむ……」

寺井戸の顔が、けわしくなった。

おふくは、源九郎たちに遊んでもらおうと思ったのか、上がり框のそばまで出てきたが、三人がむずかしい話を始めたので諦めたらしく、千代紙のある所にもどって、また折り始めた。

「どうする」

源九郎が訊いた。

「別の場所に身を隠しても、いずれ知れよう。……ここで、おぬしたちの手を借りて、馬淵たちを討とう」

寺井戸が顔をけわしくして言った。

五

源九郎がめずらしくめしを炊き、遅い朝めしを食っていると、孫六が姿を見せた。ふだんの孫六なら、源九郎が朝めしを食っていれば、冷やかしのひとつも言うのだが、

「旦那、妙なやつらが長屋の路地木戸の前にいやしたぜ」

と、目をひからせて言った。腕利きの岡っ引きだったころを思わせるような鋭い目付きである。

「妙なやつらとは」

源九郎が箸をとめて訊いた。

「遊び人ふうの男でさァ」

孫六によると、遊び人ふうの男がふたり、長屋の路地木戸の脇に立ってなかを覗《のぞ》いていたという。

「そいつらだ！」

源九郎は、長屋の様子を探っていたふたりだと察知した。

「ふたりは、いまもいるのか」

「いねえ。仕事に出かける辰次におふくのことを訊いた後、すぐに路地木戸から離れやした」

辰次はおまつの亭主で、日傭《ひよう》取りをしている。

「おふくが、長屋にいるか確かめにきたのだな」

源九郎は、今日にも馬淵たちが長屋に踏み込んでくるかもしれない、と思った。

「孫六、茂次たちをここに集めてくれ」

「へい」

すぐに、孫六は戸口から飛び出した。

……おれは、菅井に知らせよう。

源九郎は残りのめしをかっこみ、急いで茶碗や飯櫃《めしびつ》を片付けると、菅井の家に走った。

それから、いっときして源九郎の部屋に五人の男が集まった。源九郎、菅井、孫六、三太郎、平太である。茂次は出かけていて長屋にはいなかった。

源九郎は孫六から聞いたことをひととおり話してから、

「馬淵たちが、長屋に踏み込んでくるかもしれんぞ」

と、声をひそめて言った。

「確かか」

菅井が訊いた。

「わしの思い過ごしかもしれん。だが、手を打っておいた方がいい。おふくが、殺されてからでは遅いからな」

源九郎の顔は、ひきしまっていた。双眸《そうぼう》に鋭いひかりが宿っている。

「よし、手を打とう」

菅井が声を上げた。

「平太、寺井戸どのを呼んできてくれ」

「承知しやした」

平太は土間へ下り、腰高障子をあけて外に飛び出した。

待つまでもなく、寺井戸が平太とともに源九郎の家に姿を見せた。

源九郎から話を聞いた寺井戸は、

「馬淵たちが、ここに踏み込んでくるかもしれんぞ」

と、顔をひきしめて言った。

「おぬしは、どれほど踏み込んでくるとみるな」

源九郎が、寺井戸に訊いた。

「すくなくとも、三、四人はいるだろう」

「いずれも武士か」

「そうみていい」

「わしと菅井、それに寺井戸どので、迎え撃つしかないな」

源九郎が言った。

「そうしていただければ有り難いが、ふくが心配だ」

闘っている間に、だれかひとり家のなかに踏み込まれたら、ふくを守れない、
と寺井戸が言った。

「おふくは、別の家に隠しておこう」

源九郎は、その場に集まっていた孫六、三太郎、平太の三人に目をやり、

「孫六のところは、どうだ」

と、訊いた。

孫六の家は、娘のおみよ、おみよの亭主でぼてふりの又八《またはち》、それに富助《とみすけ》という
おふくよりひとつかふたつ年下の男児《おとこのこ》がいた。

又八が仕事に出た後、おみよ、富助、孫六の三人だけになるが、近くに行けば

子持ちの家らしい声や物音が聞こえるはずだ。その家から女児《おんなのこ》の声がしても、馬淵たちは、おふくがそこに身をひそめているとは思わないだろう。

「ようがす。あっしが、おふくちゃんのそばにいやしょう」

孫六が、岡っ引きらしい顔付きで言った。

「平太、やつらが踏み込んできたら、孫六の家の脇にいてくれ。……ひとりでも孫六の家に近付いたら、おれたちに知らせるんだ」

源九郎が言い添えた。

「承知しやした」

平太が、目をつり上げて言った。

源九郎たちは相談を終えると、すぐに動いた。いつ、馬淵たちが踏み込んでくるか分からなかったからである。

源九郎と菅井は、寺井戸の家で待機することになった。馬淵たちは、真っ先に寺井戸の家を襲うはずである。

だが、昼を過ぎ、八ツ（午後二時）ごろになっても、馬淵たちが長屋に踏み込んでくる気配はなかった。

「今日は、来ないかもしれんな」

菅井がうんざりした顔で言った。

「いや、来るなら今日だ」

ふたりの町人は、おふくが長屋にいるのを確かめにきたとみていい。そうであれば、今日長屋を襲うはずである。

「わしも、今日のうちに、踏み込んでくるとみるな」

寺井戸が、顔をひきしめて言った。

六

陽が西の家並の向こうに沈み、はぐれ長屋の軒下や樹陰に淡い夕闇が忍び寄っていた。そろそろ暮れ六ツ（午後六時）の鐘が鳴るだろうか。

長屋は日中より賑やかだった。長屋のあちこちから腰高障子をあけしめする音や水を使う音がし、亭主のがなり声、子供の笑い声、赤子の泣き声などが騒がしく聞こえてきた。

子供たちが遊びから長屋にもどり、ぼてふり、日傭取り、出職《でしょく》の職人などが帰ってきたのである。

「おい、そろそろ暮れ六ツだぞ」

菅井が、生欠伸を嚙み殺しながら言った。

そのときだった。戸口に走り寄る足音がし、いきなり腰高障子があいた。顔を出したのは、路地木戸のそばで見張っていた平太だった。

平太が土間に踏み込みざま、

「き、来やした！」

と、叫んだ。

「馬淵たちか！」

寺井戸が立ち上がった。

「へい、五人、来やす」

「五人だと！」

源九郎が、驚いたような顔をした。予想より人数が多い。

「へい、侍が三人、それに町人がふたりいやす」

平太が早口で言った。

「武士が三人なら、太刀打ちできる」

菅井が、大刀を腰に差した。

つづいて、三太郎が土間に飛び込んできて、

「こ、こっちに来やす！」

と、声をつまらせて言った。三太郎の青瓢箪のような顔がこわばり、目がつり上がっている。

そのとき、戸口に近付いてくる何人もの足音が聞こえた。馬淵たちが、この部屋に来るようだ。

「表で、迎え撃つぞ」

源九郎が土間へ下りると、菅井と寺井戸がつづいた。

家の外は、淡い夕闇につつまれていた。長屋の家々からかすかな灯《ひ》が洩《も》れている。

源九郎、菅井、寺井戸の三人は、戸口の前に立った。

「来たぞ！」

菅井が声を上げた。

五人の男が、ばらばらと走ってくる。羽織袴姿の武士が三人、町人がふたりだった。

五人は戸口の前にいる源九郎たちのそばまで来ると、

「寺井戸か！」

と、大柄な武士が誰何《すいか》した。

「馬淵だな」

寺井戸が、大柄な武士を見すえて言った。

どうやら、大柄な武士が馬淵らしい。三十代半ばであろうか。眉《まゆ》が濃く、眼光の鋭い男だった。首が太く、胸が厚かった。腰がどっしりし、筒胴《つつどう》と呼ばれる大樹の幹のような体軀《たいく》をしている。

「小娘の命は、うぬを斬ってからだな」

馬淵が、抜刀した。刀身が二尺七、八寸はあろうかという長刀だった。

馬淵は八相に構えた。両肘を高くとり、切っ先で天空を突くように高く構えている。八相は木の構えともいわれるが、まさに大樹のような大きな構えだった。

寺井戸は青眼に構え、切っ先を馬淵にむけた。切っ先が、ピタリと馬淵の目線につけられている。

源九郎は寺井戸の構えを見て、

……手練《てだれ》だ！

と、察知した。

寺井戸の青眼の構えは腰が据わり、隙がなかった。体に覇気と気魄《きはく》があり、まったく老いを感じさせなかった。

ふたりの間合は、およそ二間半——。立ち合いの間合としては近い。長屋の棟の間は狭く、間合をひろく取れないのである。

源九郎の前には、長身の武士が立った。三十がらみであろうか。鼻梁《びりょう》が高く、顎がとがっている。

「ご老体、われらに歯向かうつもりではあるまいな」

長身の武士が、揶揄《やゆ》するように言った。

源九郎を老いた見すぼらしい牢人とみて、侮ったらしい。

「おぬしの名は？」

源九郎が誰何した。

「名乗るほどの者ではない」

「ならば、訊くまい」

源九郎は、まだ両手を下げたままである。

「おぬし、何者だ」

長身の武士が驚いたような顔をして訊いた。源九郎は平静で、動揺の色がまったくなかったからであろう。

「老いた、はぐれ者だよ」

源九郎は、ゆっくりとした動きで抜刀した。


一方、菅井は中背で、ずんぐりした体軀の武士と対峙《たいじ》していた。

菅井と武士との間合は、三間ほど――。

すでに、武士は抜刀し、青眼に構えて切っ先を菅井にむけていた。この武士も、遣い手らしい。腰が据わり、構えに隙がなかった。

対する菅井は、左手で刀の鯉口《こいぐち》を切り、右手を柄《つか》に添えていた。腰を沈め、居合の抜刀体勢をとっている。

「いくぞ！」

菅井が足裏を摺《す》るようにして、間合を狭め始めた。居合の抜き付けの一刀をはなつ間合に踏み込もうとしているのだ。

ふたりの町人は、源九郎の右手と菅井の左手にまわり込んでいた。ふたりとも匕首《あいくち》を手にし、すこし前屈みの格好で身構えている。ふたりは、獲物に迫る野犬のように血走った目をしていた。

陽は沈み、辺りは薄い夕闇につつまれていた。男たちの手にした刀や匕首が、にぶい銀色《しろがねいろ》にひかっている。長屋の近くの棟は静まりかえっていた。闘いが始まったことを知っているのである。

七

寺井戸と馬淵は、対峙したまま動かなかった。全身に気勢を込め、気魄で攻め合っている。

先に動いたのは、馬淵だった。八相に構えたまま趾《あしゆび》を這《は》うように動かし、ジリジリと間合を狭めていく。

対する寺井戸は、動かなかった。気を静めて寺井戸との間合を読み、斬撃の起こりをとらえようとしている。

寺井戸は、馬淵の八相の構えに威圧を感じていた。垂直に立てられた長刀が、そのまま覆いかぶさってくるようである。

寺井戸は気魄で攻め、馬淵の威圧に耐えていた。

……迂闊に受けられぬ！

と、寺井戸は察知していた。

八相からくりだされる馬淵の斬撃は、剛剣のはずだ。下手に斬撃を受けると、腰が砕けて体勢がくずされる。

受け流すしかない、と寺井戸はみていた。

馬淵が、一足一刀の間境に近付いてきた。痺《しび》れるような剣気をはなち、いまにも斬り込んできそうな気配を見せている。

ふいに、馬淵の寄り身がとまった。斬撃の間境の半歩手前である。

……この遠間《とおま》からくる！

と、寺井戸は察知した。

ピクッ、と馬淵の柄を握った左拳が動き、斬撃の気がはしった。

イヤアッ！

裂帛《れっぱく》の気合を発し、馬淵が斬り込んできた。

踏み込みざま、袈裟《けさ》へ——。

迅《はや》い！

刃唸《はうな》りをたてて、長刀が寺井戸を襲う。

その迅さに反応が遅れ、寺井戸は馬淵の斬撃を受け流すことができなかった。

咄嗟《とっさ》に、一歩身を引きざま刀身を青眼から逆袈裟に撥《は》ね上げた。

袈裟と逆袈裟。

二筋の閃光《せんこう》が、ふたりの眼前で合致し、ガチッ、という刃《やいば》の噛み合うような音がひびき、青火が散った。

馬淵の斬撃には、凄まじい威力があった。その斬撃を受けた瞬間、寺井戸の体《たい》がくずれた。馬淵の斬撃に腰が砕けたのである。

「もらった！」

叫びざま、馬淵が二の太刀をはなった。

刀身を振り上げ、ふたたび袈裟へ——。

やむなく、寺井戸は体を後ろに倒して馬淵の切っ先をかわそうとしたが、間に合わなかった。

ザクリ、と寺井戸の着物が、肩から胸にかけて裂けた。馬淵の切っ先がとらえたのである。

寺井戸はさらに後ろに跳んで間合をとると、青眼に構えて切っ先を馬淵の目線につけた。あらわになった寺井戸の胸に、血の線がはしり、ふつふつと血が噴いた。だが、浅手だった。薄く皮肉を裂かれただけである。

馬淵が斬り込んできた瞬間、寺井戸が体を後ろに倒したために、深手を受けずに済んだようだ。

「浅かったな」

そう言って、馬淵が口許に薄笑いを浮かべたが、目は笑っていなかった。双眸が猛虎《もうこ》のように炯々《けいけい》とひかっている。

馬淵はふたたび八相に構えた。大柄な体に気勢が満ち、巌《いわお》のような威圧感のある構えである。

……次はかわせぬ！

と、寺井戸は思った。

このとき、源九郎は長身の武士と対峙していた。武士は青眼に構え、源九郎は八相にとっていた。源九郎の八相は切っ先を背後にむけ、刀身を寝かせた構えである。

武士の顔に、驚愕《きょうがく》と怯《おび》えの色があった。源九郎にむけられた切っ先が、かすかに震えている。

武士の右袖が裂け、血の色があった。ふたりはすでに一合し、源九郎の一颯《いっさつ》が武士の右の二の腕をとらえていたのである。ただ、出血はすくなかった。浅手らしい。

ふたりの間合は、三間ほどあった。武士が源九郎の斬撃を恐れて、身を引いたせいである。

源九郎は寺井戸と馬淵の闘いを目の端でとらえ、

……寺井戸どのがあやうい！

と、みてとった。このままつづけたら、寺井戸は馬淵に斬られるかもしれない。

源九郎は、一気に武士との勝負を決しようと思った。武士を斃《たお》し、寺井戸に助太刀するのである。

「いくぞ！」

源九郎は、すばやい摺り足で武士との間合をつめた。

武士は後じさったが、すぐに背が長屋の板壁に迫った。足をとめた武士は、いきなり甲走《かんばし》った気合を発して斬り込んできた。

振りかぶりざま、真っ向へ――。

追い詰められた者の捨て身の斬撃である。

瞬間、源九郎は右手に体をひらきざま、刀身を横に払った。

武士の切っ先が、源九郎の左の肩先をかすめて空を切り、源九郎のそれは武士の脇腹を横に斬り裂いた。だが、源九郎の踏み込みが浅く、武士の着物を裂いただけである。

ふたりは、青眼と八相に構えて向かい合った。

武士の顔が恐怖にゆがみ、切っ先の震えが大きくなった。武士は、斬殺される恐怖を覚えたらしい。

そのときだった。菅井と闘っていた中背の武士が、呻《うめ》き声を上げてよろめいた。菅井の居合の一刀をあびたようだ。

中背の武士の左腕がだらりと垂れ下がり、二の腕あたりが血に染まっている。中背の武士は右手で刀をつかんだまま、後ろに逃げた。

脇にいた町人も驚怖に顔をゆがめ、匕首を手にして後じさった。居合の神速の一刀に、度肝を抜かれたようだ。

ふいに、寺井戸と対峙していた馬淵が後じさって間合をとると、

「引け！」

と叫び、さらに身を引いた。

馬淵はいっしょに踏み込んできたふたりの武士の闘いを目にし、このままではふたりとも斬られるとみたのだろう。

馬淵は寺井戸から離れると、抜き身を引っ提げたまま反転し、

「引け！　この場は、引け」

と叫びざま、走りだした。

ふたりの武士と町人も慌てて身を引き、反転すると馬淵の後を追って駆けだした。左腕を斬られた武士だけは、刀を捨てて右手で傷口を押さえながら逃げていく。

源九郎は寺井戸に駆け寄ると、

「大事ないか」

と声をかけ、寺井戸の肩に目をやった。血に染まっている。

「浅手だ。……それにしても、華町どのも、菅井どのも見事な腕だな」

寺井戸が、驚いたように言った。

寺井戸は逃げていくふたりの武士が斬られているのを見て、源九郎と菅井の腕のほどを察知したようだ。

「おぬしもな」

源九郎も、寺井戸が尋常な遣い手ではないとみていた。

長屋のあちこちから、腰高障子をあける音や足音が聞こえてきた。つづいて、「逃げたぞ!」「ざまァねえや」「おととい来い!」などという叫び声や罵声《ばせい》が起こった。家のなかに身を隠して、源九郎たちの闘いの様子を固唾《かたず》を飲んで見ていた住人たちが、外に出てきたのである。

長屋は濃い夕闇につつまれ、戸口から明るい灯がぽつぽつと洩れていた。女や子供の声も聞こえる。長屋は、いつもの賑やかさを取り戻している。

三太郎と平太は長屋の路地木戸から出ると、逃げていく男たちの跡を尾《つ》け始めた。源九郎から長屋から逃げる者がいたら、跡を尾けて、行き先をつきとめてくれ、と指示されていたのだ。

五人は路地に出ると、竪川の方に足をむけた。路地には人影もなく、ひっそりしていた。路地沿いの店は表戸をしめ、夕闇のなかに沈んでいる。

「やつら、どこへ行く気ですかね」

平太が声をひそめて訊いた。

「分からねえなァ」

三太郎は、五人の後ろ姿を見つめながら間延びした声で言った。いつもそうだった。三太郎はいつも間延びした静かな声でしゃべり、叫んだり、怒鳴ったりすることは滅多になかった。

前を行く五人は竪川沿いの通りに出ると、右手にまがった。その姿が、通り沿いの店の陰になって見えなくなった。

「走りやすぜ」

平太が走りだした。

駿足である。平太は、すっとび平太と呼ばれるほど足が速かった。平太はすぐに三太郎から離れ、竪川沿いの通りに出た。

三太郎が喘《あえ》ぎながら、竪川沿いの通りに出ると、平太が店の脇に身を隠していた。通りの先に、五人の後ろ姿が見えた。足早に大川の方にむかっていく。

三太郎と平太は、天水桶の陰や樹陰などに身を隠しながら五人の跡を尾けた。

五人はいっとき歩くと、竪川の岸際に近付き、桟橋につづく石段を下り始めた。桟橋には数艘の猪牙舟《ちよきぶね》が舫《もや》ってある。

五人は、一艘の舟に乗り込んだ。艫《とも》に立って棹《さお》を握ったのは、町人のひとりである。

「舟だ！」

平太が、川岸に足をとめて言った。

五人の男を乗せた舟は桟橋から離れ、大川の方へむかった。夜陰のなかを、遠ざかっていく。

「舟を用意していたのか」

三太郎は、がっくりと肩を落とした。

五人を乗せた舟が、深い夕闇のなかに霞んでいく。

第三章　横沢藩

一

源九郎が遅い朝餉《あさげ》を終え、座敷で茶を飲んでいると、戸口に近付いてくる複数の足音がした。

足音は戸口でとまり、

「華町どの、おられるか」

と、寺井戸の声がした。

「入ってくれ」

源九郎が声をかけると、腰高障子があいて、寺井戸とふたりの武士が顔を見せた。

ふたりの武士は、初めて見る顔だった。ふたりとも、羽織袴姿で二刀を帯びている。御家人か江戸勤番の藩士といった格好である。

三人は土間に入ると、寺井戸が、

「倅の依之助と松浦仙之丞どのだ」

と、ふたりの武士に目をやって言った。

「横沢藩士、松浦仙之丞でござる」

四十がらみと思われる男が、名乗った。眉《まゆ》が濃く、頤《おとがい》が張っていた。眼光の鋭い剽悍《ひょうかん》そうな面構《つらがま》えの男である。この男も、遣い手らしかった。肩幅がひろく、どっしりした腰をしていた。衣装の上からも、胸が厚く太い手足であることが見てとれる。武芸の修行で鍛えた体らしい。

松浦の役柄は、側役《そばやく》だそうだ。横沢藩の側役は藩主に近侍し、諸用をつとめるという。重職といっていい。藩主の忠吉は上屋敷にいて、松浦は忠吉の命を受けて動いているそうである。

つづいて、二十代半ばと思われる男が、

「それがし、寺井戸依之助にございます。父がお世話になっております」

と名乗って、源九郎に頭を下げた。寺井戸の嫡男である。

依之助の役柄は目付《めつけ》だという。目付は大目付の配下で藩士の勤怠を監察し、ときには藩士のかかわった事件の探索や捕縛にもあたるという。

あらためて依之助を見ると、寺井戸に似て丸顔で目が細かった。

源九郎も名乗った後、

「寺井戸どの、おふたりは何用でみえられたのかな」

と、訊《き》いた。おふくのことで、横沢藩の家中で何か動きがあったのではないかと思ったのである。

馬淵たちが長屋を襲ってから、七日過ぎていた。この間、寺井戸は二度、おふくを長屋に残して何処《いずこ》かへ出かけていた。

「ふくのことでな。華町どのに、あらためて相談があるのだ」

寺井戸が小声で言った。

「ならば、菅井もここに呼びたいが」

菅井も長屋にいるはずだった。

「そうしていただけると、ありがたいが」

「すぐ、呼んでこよう」

源九郎は、寺井戸たちをそこに残して菅井の家に急いだ。

それからいっときして、源九郎の家に五人の男が集まった。男たちは、狭い座敷に車座になって顔を合わせた後、

「まことに厚かましいが、華町どのたちに、あらためて頼みがあるのだ」

寺井戸が切り出した。

「頼みとは」

源九郎が訊いた。

「実は、ふくの母親のおせんどのの身辺にも、馬淵たちの手が伸びている節があるのだ」

寺井戸が顔を厳しくして言った。

「いまも、おせんどのは命を狙われているのだな」

源九郎が訊いた。

「そうだ。……松浦どの、話してくれ」

寺井戸が、脇に座している松浦に目をやった。

「三日前のことでござる」

そう前置きして、松浦が話し出した。

おせんは、高輪を出た後、溜池《ためいけ》近くの赤坂田町《たまち》の借家に身を隠していたとい

う。松浦は殺された平松とともに、おせんの身を馬淵たちから守るために高輪から連れ出し、赤坂田町の借家に住まわせたそうだ。

寺井戸がおふくを、松浦と平松がおせんを高輪から連れ出したのである。母と子を別々にしたのは、敵の目を欺くためらしい。

平松が殺された後、松浦はおせんの身に馬淵たちの手が伸びていないか気になり、網代笠《あじろがさ》で顔を隠してひそかに様子を見にいったという。

そのとき、松浦はおせんが身を隠している借家の近くで、うろんな武士の姿を見かけた。武士は通り沿いの店に何軒か立ち寄り、奉公人や店の客から話を聞いていた。

その武士が立ち去った後、松浦は店の奉公人から、武士が何を探っていたのか訊いてみた。

「武士は、おせんさまの居所を探っていたようです。……これはまずい、と思い、すぐにおせんさまを借家から連れ出し、ひとまず藩士が住んでいた宿に身を隠していただいたのです」

松浦は、おせんを身分のある女のように呼んだ。ただの町人ではないらしい。

松浦の話では、その町宿《ちょうしゆく》は空き家になっていて、寝泊まりすることはできるという。

町宿とは、藩邸の長屋や屋敷に入れきれなかった藩士が、江戸市中の借家などに住むことである。

「だが、その借家にも長くはいられない。……いずれ、馬淵たちの知るところとなりましょう」

松浦が言った。

「それで」

源九郎が話の先をうながした。

「おせんさまも、この長屋に匿《かくま》ってはもらえまいか」

松浦が言うと、

「わしからも、頼む」

と、寺井戸が言い添えた。

「うむ……」

源九郎は松浦の話を聞きながら、そんなことではないかと思っていた。おせんを長屋に連れてきて、おふくといっしょに住まわせてもかまわないが、寺井戸がおせんと同居することはできないだろう。

「それで、寺井戸どのは、どうされるな」

源九郎が訊いた。

「それがしは、華町どのか、菅井どののところに住まわせてもらえれば、ありがたいが……」

寺井戸が、源九郎と菅井に目をむけながら小声で言った。

すると、黙って話を聞いていた菅井が、

「おれのところが、いいぞ。おれは、華町とちがって、朝めしを抜くようなことはしないし、好きなだけ将棋ができる」

と、声を大きくして言った。

……菅井のやつ、将棋がやりたいだけだ。

と、源九郎は思ったが、黙っていた。

「それでは、菅井どののところに厄介《やっかい》になろうか」

寺井戸が、苦笑いを浮かべて言った。

二

「寺井戸どの、そろそろ話してもいいのではないか」

源九郎が声をあらためて言った。

「何のことだ？」

「おふくの父親だ。……ここまで来たら、隠すこともあるまい」

源九郎は、寺井戸はむろんのこと、依之助も松浦も、おふくの父親を知っているとみていた。

「おふくが口にするお父上とは、いったい何者なのだ。おれに似ているそうだが、そうなのか」

菅井が身を乗り出すようにして訊いた。

「他言無用に願いたいが」

寺井戸が、仕方なさそうな顔をして言った。松浦と依之助は、黙っている。

「分かった」

源九郎がうなずいた。

「藩主の忠吉さまでござる」

寺井戸が、おもむろに言った。

「やはり、そうか」

源九郎は、驚かなかった。おふくの父親は、藩主ではないかという思いがあったのである。

藩主が父親なら、おふくが伯父上《おじうえ》とかお父上と呼んだのも納得できる。おせんはもとより、おふくの世話をしていた者たちが、そう呼ぶように教えたのであろう。

「忠吉さまだが、おれに似ているのか」

菅井が寺井戸に訊いた。

「顔は、殿に似ているかもしれん。ただ、殿はもうすこしお若いし、髪も違うが……」

寺井戸は、いまでもふくと呼んでいた。藩主の子であっても、伯父という立場でおふくと接してきたのでそう呼んでいるのだろう。

「おふくは、おれを父親と思い込んでいたようだぞ」

菅井は首をひねった。

「ふくが、殿といっしょに過ごしたのは、わずかな間でな。それに、殿が横沢藩を継がれてからは、一度しか会っていないのだ。……ふくの胸の内には、幼いころに見た殿のお顔が残っているのではないかな。そのお顔が、広小路で目にした菅井どのの顔と重なったのかもしれん」

寺井戸が、菅井に目をやりながら話した。

「そ、そうか。……おふくは、父親に会いたかったのかもしれんな」

菅井が、妙にしんみりした口調で言った。

「おせんどのは、どのような立場なのだ。土佐守さまの正室のようではなさそうだが、かといって側室ともちがうようだ」

源九郎は、たとえ側室でも借家に住んだり、町宿に身を隠したりはしないだろうと思った。

「おせんどのは殿のお子を産んだが、いろいろ事情があって、いまだに正室でも側室でもないのだ」

そう前置きして、寺井戸が話しだした。
七、八年前、土佐守が、まだ松太郎《まつたろう》君と呼ばれていたころ、おせんと知り合ったという。そのころは、先代の伊豆守盛周《いずのかみもりちか》も生きていて、子供も嫡男の寛安《ひろやす》、次男の慶之助《けいのすけ》、三男の松太郎の三人がいたという。
三男の松太郎は、江戸の下屋敷に盛周の正室で母親の千代《ちよ》、次男の慶之助とともに住んでいた。ところが、松太郎は家を継ぐ目はないとみていたせいか、二十歳を過ぎると、お忍びで市中に出て遊ぶようになった。

そうしたおり、柳橋の老舗《しにせ》の料理屋で座敷女中をしていたおせんを見初め、足繁く通うようになった。そのうちおせんと男女の関係ができ、生まれたのがおふくだった。

松太郎は、おせんとおふくの扱いに苦慮した。三男の松太郎がふたりの兄をさしおいて、おせんとおふくを妻子として屋敷内に迎え入れ、いっしょに暮らすわけにはいかなかった。しかも、おせんは町人の娘で、料理屋の女中である。

事情を知った盛周は、松太郎におせんとおふくを信頼のおける家臣に預け、世話をさせるよう命じた。

白羽の矢がたったのが、寺井戸だった。寺井戸は、松太郎が子供のころ小姓として仕えたことがあり、江戸の暮らしも長かった。

そのころ、寺井戸は側役として盛周に近侍していたが、老齢でもあったことから、倅の依之助に家を継がせて隠居し、おせんとおふくの面倒を見るようになったのである。

「それで、わしは伯父ということにしたのだ」

寺井戸が、口許に苦笑いを浮かべて言った。

「おふくが、おぬしのことを伯父上と呼ぶのは、そうしたわけがあったのか」

菅井が、納得したようにうなずいた。

「わしは、おせんどのとふくのために、高輪に借家を用意してな。そこに、住まわせることにしたのだ。むろん、母子《おやこ》が暮らすのに必要な金子《きんす》は、藩から出ていた」

寺井戸が言った。

「その高輪の借家が、馬淵たちに目をつけられたわけだな」

「そうだ」

「事情は分かったが、松太郎君がいまの藩主の忠吉さまなのか」

源九郎が念を押した。

「いかさま」

寺井戸が言うと、松浦と依之助もうなずいた。

「三男の松太郎君が、藩主になったのは、どういうわけだ」

よほどのことがなければ、三男が家を継ぐことはないだろう、と源九郎は思った。

「思いもよらぬ不幸が重なってな、松太郎君に、藩主の座が転がりこんできたのだ」

そう前置きして、寺井戸が話しだした。

松太郎とおせんの間に、おふくが生まれて一年ほどしたとき、嫡男の寛安が不慮の事故で亡くなった。

参勤で、藩主の盛周とともに国許に帰っていた嫡男の寛安は、家臣と鷹狩りに出て落馬し、頭を強く打って落命したという。

寛安の死後二年ほどして、次男の慶之助が病死した。慶之助は子供のころから虚弱で、風邪をこじらせて亡くなったそうだ。

「それで、松太郎君に御鉢が回ってきたわけだ」

藩主の盛周は老齢だったこともあり、嫡男と次男が相次いで他界すると、すぐにも隠居して家を松太郎に継がせることを望んだという。

「伊豆守さまは、松太郎君が早く正室を迎え、嗣子《しし》をもうけることを望まれた。隠居後も、横沢藩が安泰であることを願われたようだ」

松太郎は横沢藩を継ぐと、名を土佐守忠吉とあらため、同じ出羽国にある米倉《よねくら》藩、八万石の藩主、安藤近江守紀喬《あんどうおうみのかみのりたか》の長女、萩乃《はぎの》を正室として迎え入れた。

「忠吉さまは、おせんどのとふくのことを萩乃さまに言い出せなかった。……それればかりか、借家に身を隠し、他人の目を恐れて暮らしておられるおせんどのとふくのところに、顔を出すこともままならなくなったのだ」

「そうだろうな。……正室を迎えられた後では、なおさらふたりのことは持ち出せまい。それに、先代の盛周さまへの気兼ねもあろう」

源九郎は、おせんとおふくが、日陰の身のまま過ごさねばならなかったわけが分かった。

「ところで、先代の盛周さまは、いまも息災でおられるのか」

源九郎が訊いた。藩は忠吉に継がせたが、隠居しているのかもしれない。

「それが、一年ほど前にお亡くなりになったのだ」

寺井戸によると、盛周は松太郎が正室を迎えた後、胸を病み、江戸の藩邸で眠るように息を引き取ったという。

「うむ……」

源九郎が口をつぐむと、座敷は重苦しい沈黙につつまれたが、

「ところで、おせんどのとおふくは、なぜ命を狙われるのだ」

菅井が声を大きくして訊いた。

「それが、分からないのだ」

寺井戸が苦慮するような表情を浮かべた。

「いま、忠吉さまと正室の間に、お子がいるのか」

源九郎が訊いた。

「いや、まだだ」

「横沢藩の世継ぎ争いが、からんでいるのではないのか」

おせんとおふくをそのままにしておくと、将来、横沢藩の世継ぎ問題が起こるとみる者がいて、その芽を早いうちに摘んでしまおうと、ふたりの命を狙っているのではあるまいか——。

「それも考えたが、ふくは女児《おんなのこ》だ。それに、おせんどのは側室にも認められていない身だぞ。将来の世継ぎ問題を考えて、いまのうちにふたりを始末してしまおうと思う者はいないはずだが……」

寺井戸は語尾を濁した。はっきりしないのだろう。

「そうだな」

源九郎も、横沢藩の世継ぎ問題とからめるのは無理があるような気がした。

「寺井戸どの、馬淵だが、何者なのだ。馬淵の陰にいる者が分かれば、すぐにおせんどのたちを殺そうとするわけも知れるのではないか」

菅井が声を大きくして言った。

「菅井どのの言うとおりだ。……わしらも、馬淵の身辺を探ってはいるのだがな」

そう言って、寺井戸が依之助に目をむけた。

「目付筋の者たちが、ひそかに馬淵の身辺を探ってみました。ですが、何者が馬淵に指図しているのか分からないのです。……ただ、徒組《かちぐみ》のなかに、馬淵と頻繁に接触している者がいるらしいことが知れました」

馬淵は五十石の徒組の小頭《こがしら》だという。馬淵の配下の徒士《かち》のなかに、馬淵の指図で動いている者が、数人いるらしい。

「それに、藩士以外の者も馬淵に与《くみ》している者がいるようです」

松浦が言い添えた。

高輪や赤坂田町の借家を探りにきた者のなかに、横沢藩士でない者もいたそうだ。その者たちが、幕臣なのか他藩の者なのかは分からないという。

「馬淵だが、藩邸にいるのか」

源九郎が訊いた。

「それが、半年ほど前から藩邸には、もどっていないようです」

依之助によると、馬淵は脱藩したような状態だという。

「まだ、見えてないことが多いな」

源九郎が難しい顔をしてつぶやいた。

三

「来るよ、来るよ」

路地木戸から入ってきたお熊が、声をひそめて言った。

はぐれ長屋の井戸端に、大勢集まっていた。おふくと寺井戸、長屋の女房連中、年寄り、子供、それに、源九郎や菅井たちの姿もあった。

今日は、松浦と依之助が、おせんを長屋に連れてくる日だった。おふくをはじめ、源九郎たちは、路地木戸のそばまで出迎えに出ていたのだ。

路地木戸に、旅装の武士があらわれた。網代笠をかぶり、たっつけ袴で草鞋《わらじ》履き、腰には打飼《うちがい》まで巻いていた。松浦らしい。馬淵たちの目を欺くために旅装束に身を変えて、おせんを連れてきたのだろう。

松浦の後ろから、やはり旅装束の女と武士が入ってきた。女は菅笠をかぶり、息杖《いきづえ》を持っている。

路地木戸をくぐると、先頭の武士が網代笠を取った。やはり、松浦だった。つづいて、女が菅笠を取った。色白で面長、切れ長の目をしている。体付きは、ほっそりとしていた。もうひとりの武士は、依之助である。

「おかァちゃん!」

おふくが声を上げ、パタパタと草履《ぞうり》を鳴らして、女に駆け寄った。おふくは町人の娘のように、おせんを、おかァちゃん、と呼んだ。

「おふく……!」

女は息杖を落とし、両手を差し出して、おふくを抱きしめた。

女は、おせんである。おせんは、頬をおふくの頭にこすりつけるようにして強く抱きしめている。そのおせんの目が、涙に濡れていた。

おふくはおせんの胸に顔を押しつけて、オンオンと泣き声を上げた。

これを見たお熊が、浅黒い熊のような顔をくしゃくしゃにし、「や、やっぱり、母子《おやこ》だねえ」と涙声で言った。すると、その場に集まっていた女房たち、年寄り、子供たちから、すすり泣きや洟《はなみず》をすする音などが聞こえてきた。

「さァ、行こう」

寺井戸が、おせんとおふくに声をかけた。

おせんとおふくは寺井戸や松浦たちに囲まれるようにして、おふくと寺井戸が住んでいた家にむかった。長屋の住人たちは、ぞろぞろと後ろから尾《つ》いてきた。

それから、小半刻（三十分）ほどして、おせん、松浦、依之助は旅装を解き、座敷に腰を下ろした。

おふくは、母親のそばに張り付いて離れなかった。源九郎と菅井も、座敷の隅に腰を落ち着けた。

お熊、おまつ、お妙の三人が、土間の隅の流し場に立ち、座敷に集まっていた者たちに茶を淹《い》れた。おせんたちが来たら茶を淹れるつもりで湯が沸かしてあり、時間はかからなかった。

おせんは茶を淹れてくれたお熊たちに、礼を言うことを忘れなかった。おせんも、長屋で暮らしたことがありそうだ。

お熊たちが去ると、寺井戸が、

「ここで、しばらく、ふくとふたりで暮らすことになるな」

と、おせんに言葉をかけた。

「は、はい……。やっと、ふくといっしょに暮らせます。寺井戸さまや松浦さまのお蔭です」

おせんは、涙声で寺井戸と松浦に礼を言った後、

「華町さまや菅井さまのことも、お聞きしました。ふくを助けていただいたばかりか、ここで暮らしていけるように大家さんにも話していただいたそうで、お礼の申しようもありません」

　と言って、源九郎と菅井に深々と頭を下げた。

「い、いや、おれたちは、たいしたことは……」

　菅井が照れたような顔をして言った。

　いっときして、源九郎、菅井、依之助の三人は、腰を上げた。後は、寺井戸と松浦に任せようと思ったのである。


　源九郎たち三人が菅井の家でくつろいでいると、寺井戸と松浦が入ってきた。

「おせんさんは、落ち着かれたかな」

　源九郎は、おせんさんと呼んだ。おせんが、町人の女房と変わりなかったからである。それに、今後長屋に住むので、おせんどのとは呼べない。

「おせんどのは、ふくといっしょに暮らせるようになって喜んでいるよ」

　寺井戸の顔も、やわらいでいた。

「だが、これで済んだわけではあるまい」

菅井が言った。

「分かっている。……すでに、馬淵たちはここにふくがいることを知っている。おせんどのがここに越してきたことも、すぐに気付くだろう」

寺井戸の顔に憂慮の翳《かげ》があった。

「それに、わしと菅井のことも知ったはずだ。……今度踏み込んでくるときは、大勢だぞ。下手をすると、わしたちは皆殺しになるかもしれん」

源九郎が顔を厳しくして言った。

「華町どのの言うとおりだ」

と、松浦。

「そうならないためには、わしたちが先に手を打つことだな」

「手を打つとは？」

松浦が訊いた。寺井戸と依之助も、源九郎に目をむけている。

「馬淵たちの襲撃を待つのではなく、こちらから攻めるのだ。……わしたちが、先に馬淵たちを討てばいい。そのためには、馬淵だけでなく仲間もつきとめねばならないな。……ところで馬淵だが、まだ居所は知れないのか」

源九郎が訊いた。

「はい、町宿に身を隠していた節があるのですが、その町宿からも姿を消したようです」

依之助によると、馬淵が浜松町《はままつちょう》にある藩士の町宿に身を隠しているという情報があり、目付が探ったところ、その町宿にもどっていないという。

「ともかく、馬淵の居所をつきとめねばならんな。……それに、仲間だ。依之助どの、徒士のなかに、馬淵の指図で動いている者がいるそうだな」

源九郎が訊いた。

「まだ、はっきりつかめていませんが、二、三人はいるとみています」

「そやつらがつかめれば、捕えて口を割ることもできよう」

源九郎が言った。

「依之助、おまえは、馬淵の指図で動いている徒士をつかんでくれ」

寺井戸が、倅の依之助に指示した。

「心得ました」

依之助は顔をひきしめて言った。

「わしら、長屋の者は馬淵の身辺を探ってみよう」

源九郎は、孫六や茂次たちに頼もうと思った。

それから、源九郎たちは、今後おせんとおふくの身をどう守るか相談したが、源九郎、菅井、寺井戸の三人が、長屋に残って馬淵たちの襲撃にそなえるしかなかった。

松浦と依之助が菅井の家を出た後、後に残った寺井戸が、

「これは、藩からの華町どのたちへの礼だ」

と言って、袱紗《ふくさ》包みを取り出した。

袱紗には、切餅が四つ包んであった。切餅は一分銀を百枚、紙で方形につつんだ物で、ひとつ二十五両である。四つで、百両だった。

百両は、藩から寺井戸に渡された金らしい。藩主、忠吉の命を受けた者が、寺井戸に渡したのであろう。

「遠慮なく、いただいておく」

源九郎は、切餅に手を伸ばした。

長屋の者たちにも分けよう、と源九郎は思った。此度《こたび》の件は、源九郎たち六人では対処できず、長屋の住人たちに世話になることが多かった。これまでも、長屋の者たちに世話になったり、迷惑をかけたりするときには、礼金を分けてきたのである。

四

「そこの桟橋に、着けるぞ」

茂次が声をかけた。

猪牙舟《ちょきぶね》の艫《とも》に立って棹《さお》を握っているのは、茂次だった。舟には茂次の他に、孫六、三太郎、平太の三人が乗っていた。

茂次たちは、竪川沿いにある船宿から舟を一艘借りて乗り出し、大川を経て汐留川に来ていた。汐留橋の近くに舟を留めて、愛宕下にある横沢藩の上屋敷付近に行くつもりだった。舟を使うことにしたのは、本所相生町から愛宕下まで歩くのは大変だが、舟なら楽だし短時間で来られるからだ。

おせんが長屋に来て、おふくと住むようになって三日経っていた。おせんとおふくは、長屋の住人にも守られ、何事もなく暮らしている。

茂次たちは源九郎から、

「馬淵の居所と、仲間たちを探ってくれ」

と指示され、まず横沢藩の上屋敷のある愛宕下周辺で聞き込んでみようと思ったのだ。

茂次は船縁《ふなべり》を桟橋に寄せると、

「下りてくれ」

と、孫六たちに声をかけた。

孫六たち三人が桟橋に下り立つと、茂次は舫《もや》い杭《ぐい》に舟をつないで下りた。

「どこへ、行きやす」

平太が訊いた。

「とにかく、横沢藩のお屋敷を見てみよう」

茂次が言うと、

「こっちだぜ」

孫六が先に立って、桟橋から川沿いの通りに出る石段を上り始めた。

茂次たちは、汐留川沿いの道から、東海道に出た。そして、しばらく東海道を南にむかって歩いてから、右手の通りにおれた。

やがて、通りは大名小路に突き当たった。その名のとおり、通り沿いに豪壮な大名屋敷がつづいている。

通りの前方に、増上寺の杜《もり》や堂塔が迫ってきたところで、孫六が路傍に足をとめ、

「そこの、お屋敷だ」

と言って、斜向《はす》かいにある大名屋敷を指差した。

豪壮な長屋門の両脇に、家臣の住む長屋と築地塀《ついじべい》がつづいていた。敷地内には、殿舎の甍《いらか》が折り重なるように見えていた。六万五千石の大名家に相応《ふさわ》しい屋敷である。

「立派なお屋敷だ」

三太郎が感心したように言った。

「どうする」

茂次が、男たちに目をやって訊いた。

「お屋敷に入るわけにはいかねえし、門の近くで待ってても埒《らち》が明かねえな」

と、孫六。

「どうだ、町家のある通りに出て、聞き込んでみるか」

茂次が言った。

「それがいいな」

茂次たちは、横沢藩の上屋敷の門前を通り過ぎ、増上寺の近くで左手におれた。そして、いったん東海道に出てから、増上寺の門前通りに入った。通り沿いには、料理屋やそば屋などが目についた。人通りも多い。増上寺の参詣客や遊山《ゆさん》客が行き交っている。

「この辺りの裏路地に入《へえ》ると、話が聞けるかもしれねえぜ」

孫六によると、裏路地には飲み屋や一膳めし屋などがあり、大名屋敷に奉公する中間《ちゆうげん》や小者なども姿を見せるという。

「とっつァん、くわしいな」

茂次が感心したように言った。

「なに、番場町《ばんばちよう》にいたころ、この辺りに逃げ込んだ下手人がいてな。歩きまわったことがあるのよ」

孫六が得意そうな顔をして言った。

「さすが、番場町の親分だ」

孫六は岡っ引きだったころ番場町に住んでいて、番場町の親分と呼ばれて幅を利かせていたのである。

「二手に、分かれようじゃァねえか。四人でつるんで歩いてたんじゃァ聞き込みもできねえ」

孫六が胸を張って言った。

「そうだな」

茂次と三太郎、孫六と平太が組んだ。これまでも、平太は孫六と組んで探索にあたることが多かった。下っ引きの平太は、孫六が腕のいい岡っ引きだったことを知っていて、孫六といっしょに歩きたがったのである。

「おれたちは、行くぜ」

そう言って、茂次がその場を離れようとすると、

「待ちな」

と、孫六がとめた。

「長屋に馬淵たちが踏み込んできたとき、遊び人ふうのやつがふたりいたな。そいつらを嗅《か》ぎ出す手もあるぜ」

孫六が目をひからせて言った。

「とっつァん、どういうことだい」

茂次が訊いた。

「馬淵たちは、ごろんぼう（無頼漢）じゃァねえ。お大名の家来だ。その馬淵たちとつながっている遊び人となると、まず、考えられるのは、屋敷に出入りしていた中間だ。それに、屋敷に出入りしていた植木屋や庭師などかもしれねえ。

……そういうやつらを、探ってみる手もあるぜ」

孫六が、親分らしい物言いをした。

「さすが、番場町の親分だ。……おれたちは、中間くずれを探ってみるか」

茂次が感心したように言った。

一刻（二時間）ほどしたら、この場所にもどることにし、茂次たちは孫六たちと別れた。

茂次と三太郎は、増上寺の門前通りから左手の七軒町《しちけんちょう》に入った。そこは裏路地だが人通りは多く、縄暖簾《なわのれん》を出した飲み屋、小料理屋、一膳めし屋などが目についた。増上寺の参詣客や遊山客に混じって、中間や小者らしい男も行き過ぎていく。大名小路が近いので、この辺りまで飲み食いにくる者がいるようだ。

「三太郎、中間をつかまえて聞いてみるか」

茂次が言った。

「へえ……」

三太郎は気の抜けたような返事をした。

「あいつらは、どうだい」

茂次が、前方から来る中間らしいふたり連れを目にとめて言った。ふたりはお仕着せの法被《はっぴ》姿で、草履履きだった。

「中間のようですね」

「とにかく、聞いてみよう」

茂次はおしゃべりをしながら近付いてくる中間の前に立ち、

「ちょいと、すまねえ」

と、声をかけた。三太郎は茂次の後ろに立っている。

「おれたちのことかい」

顔の浅黒い、目のギョロリとした男が、訝《いぶか》しそうな目で茂次を見た。

「兄いたちは、愛宕下にある横沢藩のお屋敷を知ってやすかい」

茂次は、横沢藩の名を出して訊いた。

「知ってるよ」

「あっしらは、横沢藩のお屋敷で奉公している松吉《まつきち》ってえ中間を探してるんですがね。兄いたちは、知ってやすかい」

茂次の作り話だった。松吉は、咄嗟《とっさ》に頭に浮かんだ名である。

「知らねえなァ」

浅黒い顔の男が、顎を突き出すようにして言った。

「あっしは、松吉兄いに世話になったことがありやしてね。この辺りの、飲み屋で一杯ごっそうになったこともあるんでさァ。近くに、横沢藩に奉公する中間が来る店がありやすかい」

茂次は、なおも作り話を口にした。

「そういやァ、仙助《せんすけ》が横沢藩に奉公したことがあると言ってたな」

もうひとりの小太りの男が言った。

「その仙助って男は、どこへ行きァ会えやすかね」

茂次が、小太りの男に訊いた。

「仙助なら、この先の一膳めし屋によく来てるぜ」

小太りの男が路地の先を指差し、「丸政《まるまさ》」ってえ店だ、と言った。

茂次はふたりに礼を言って別れ、丸政に行ってみた。店の親爺に、仙助が来てるか訊くと、来てないという。

「この店に、よく来ると聞いたんだがな」

茂次が食い下がった。

「三日に一度は顔を見せるが、今日は来てねえ」

親爺は、素っ気なく言った。

それから、茂次と三太郎は別の路地にも入り、話の聞けそうな店に立ち寄ったり、通りすがりの者に訊いたりしたが、馬淵やふたりの町人を手繰る手掛かりは得られなかった。

茂次たちが孫六たちと別れた門前通りにもどると、孫六と平太の姿があった。

「歩きながら話すかい」

孫六が言った。

茂次たち四人は、舟をとめてある汐留橋の方へむかった。いずれにしろ、今日の探索はこれまでである。

まず、茂次が聞き込んだことをかいつまんで話した。

つづいて、孫六が、

「馬淵だが、門前通りの料理屋に来ることがあるようだぜ」

と、低い声で言った。

「とっつァん、どういうことだい」

すぐに、茂次が訊いた。

「愛宕下の大名屋敷で長く中間をしてる藤吉《とうきち》ってえやつが、馬淵のことを知っていてな、馬淵が門前通りにある辰巳屋《たつみや》ってえ、料理屋に入っていくのを何度か見たことがあると話したのよ」

「そういやァ、馬淵は浜松町の町宿に住んでいたことがあると、聞きやしたぜ」

茂次は、源九郎から聞いたことを言い添えた。

「ともかく、明日、辰巳屋をあたってみるか」

孫六が、平太に目をやって言った。

「おれたちは、丸政だな」

そう言って、茂次は三太郎に目をむけた。

五

翌日、八ツ（午後二時）ごろ、茂次たち四人はふたたび増上寺の門前通りに足を運んだ。

「おれたちは、辰巳屋をあたってみるぜ」

孫六は平太を連れて、増上寺の表門の方へむかった。

「三太郎、おれたちは丸政だな」

茂次が言った。

「へい」

ふたりは、七軒町の裏路地に入った。

丸政の店先からなかを覗《のぞ》いてみると、思ったよりひろい店だった。土間に置かれた飯台を前にして、男たちがめしを食ったり、酒を飲んだりしていた。ただ、まだ酒を飲むには早いせいか、客は五、六人しかいなかった。

茂次は戸口近くにいた小女《こおんな》に、

「ちょいと、すまねえ、仙助兄いは来てるかい」

と、小声で訊いた。

「仙助さんなら、来てますよ」

「どこにいる？」

茂次が訊くと、

「隅の飯台で、ひとりで飲んでる男《ひと》ですよ」

小女が、隅の飯台を指差して言った。

四十がらみであろうか。浅黒い肌をした丸顔の男だった。中間ふうではなく、小袖に角帯姿だった。

茂次たちは仙助に近付き、

「仙助兄いですかい」

と、声をかけた。

「おめえ、だれだい」

仙助が、怪訝《けげん》な顔をして茂次たちを見た。

「あっしは茂造《しげぞう》、こいつは三吉《さんきち》で——」

茂次は、咄嗟に偽名を口にした。

「おれに何か用かい」

仙助の顔に、警戒の色が浮いた。

「仙助兄いが、愛宕下の横沢藩の屋敷で奉公してると聞きやしてね。……ちょいと、お屋敷のことで、訊きてえことがあるんでさァ」

茂次がそう言ったとき、さっきの小女が、茂次たちに注文を訊きにきた。

「酒と肴《さかな》を頼まァ。肴はみつくろってくんな」

茂次は、仙助の向かいに置いてあった腰掛け代わりの空き樽に腰を下ろした。

三太郎も、茂次の脇に腰掛けた。

仙助は渋い顔をして、口をつぐんでいる。

「まだ、横沢藩の屋敷で奉公してるんですかい」

茂次は、仙助が中間の身装《みなり》ではないので、そう訊いたのだ。

「もう、やめちまったよ。……おもしろくねえことがあってな」

仙助は、猪口《ちょく》の酒をグビリと飲んだ。

「それじゃア、なおのこと、話を聞かねえとな。あっしらふたりは、口入れ屋に横沢藩の屋敷で、中間奉公をしねえかと勧められてるんだが、迷ってるんでさア。……ちょいとよくねえ噂を耳にしやしてね。それで、横沢藩のことを知ってる者に、屋敷の様子を聞いてみようと思って来たんでさァ」

茂次は、適当な作り話を口にした。

「やめときな。あの屋敷の渡り者は、ろくなのがいねえぜ」

仙助が掃き捨てるように言った。仙助は、中間仲間と何かいざこざがあってやめたのかもしれない。

渡り者とは、あちこち奉公先を変える渡り中間のことである。

「あっしは、馬淵新兵衛ってえ質《たち》の悪《わり》いご家来がいると聞いたんですがね」

茂次は、馬淵の名を出した。

すると、黙って話を聞いていた三太郎が、

「この辺りで、馬淵さまを見かけやしたが……」

と、小声で言った。孫六から聞いたことを、それとなく口にしたのである。

「馬淵さまなら知ってるぜ」

「知ってやすかい」

茂次が声を大きくして言ったとき、小女が盆と銚子を運んできた。盆にはふたつの小鉢が載っていて、たくわんと冷奴《ひややっこ》が入っていた。

「兄い、まァ、一杯」

茂次が銚子を仙助にむけた。

「すまねえ」

仙助の顔が、いくぶんなごんだ。

茂次は、仙助が猪口の酒を飲み干すのを待って、

「馬淵さまは、どんな方だい」

と、訊いた。

「徒組だったかな。剣術の腕はいいと聞いてるぜ」

「馬淵さまが、遊び人らしい男と歩いてるのを見たことがあるんだが、そんなやつらとつきあいがあるのかい」

茂次は、馬淵たちといっしょに長屋に乗り込んできた遊び人ふうの男のことを聞き出そうと思ったのだ。

「そいつは、与之吉《よのきち》かもしれねえ」

「与之吉は、遊び人かい」

「二年ほど前まで、横沢藩のお屋敷で、中間奉公をしてたのよ。やめてからは、仕事もしねえで遊び歩いてらァ」

仙助が顔をしかめて言った。

「仕事をしねえで、よく食っていけやすね」

三太郎が訊いた。

「まったくだ。……こっちにも、手を出してるようだからな」

仙助が口許に薄笑いを浮かべ、壺を振るような真似をした。どうやら、与之吉は博奕《ばくち》にも手を出しているようだ。

「そいつが、どうして馬淵さまといっしょに歩いてるんだい」

茂次が訊いた。

「馬淵さまの手先にでもなったんじゃァねえかな」

「手先な。……馬淵さまと歩いていたのは、与之吉だけじゃァねえ。似たようなやつが、もうひとりいたぜ」

茂次が、さらに水をむけた。

「おれは、与之吉しか知らねえよ」

「与之吉の塒《ねぐら》を知ってるかい」

「浜松町の、甚兵衛店《じんべえだな》だったな」

「近いな」

浜松町は、東海道沿いに増上寺の門前辺りから南にひろがっている。

仙助が、茂次に不審そうな目をむけた。与之吉のことをしつこく訊いたからであろう。

「おめえ、ご用聞きかい？」

「おれたちが、ご用聞きに見えるかい」

「ご用聞きには見えねえが……」

仙助は首をひねった。

「もう一杯、どうだい」

茂次は銚子をむけた。

茂次たちは、それ以上与之吉のことも馬淵のことも訊かなかった。与之吉を押さえれば、馬淵たちのことも知れると思ったからである。

それから、小半刻（三十分）ほどして、茂次たちは腰を上げた。丸政を出た足で浜松町へ行ってみようと思ったが、明日出直すことにした。すでに、陽は西の家並のむこうにまわっている。

茂次たちは、すこし早いが増上寺の門前通りにもどって孫六たちを待った。しばらくすると、孫六と平太がもどってきた。四人ははぐれ長屋へ帰る道筋で、それぞれが探ったことを話すことにした。

まず茂次が与之吉のことを口にし、つづいて孫六が辰巳屋のことで聞き込んだことを話した。

孫六によると、馬淵は辰巳屋を馴染《なじ》みにしているらしく、ときおり店に顔を出すという。

「横沢藩の者と来るようだぜ。……それに、遊び人ふうのやつを連れてくることもあるようだ」

孫六が、やつらは辰巳屋に集まって、相談してるのかもしれねえぜ、と目をひからせて言い添えた。

六

「華町の旦那、そこが甚兵衛店でさァ」

茂次が斜向かいの路地木戸を指差して言った。

源九郎、菅井、茂次、孫六、三太郎、平太の六人は、浜松町に来ていた。茂次と三太郎が、仙助から与之吉のことを聞いた三日後だった。

茂次たちは、ここ二日、浜松町に足を運んできて甚兵衛店をつきとめ、与之吉が住んでいることも確かめてあった。

茂次たちが、源九郎に与之吉のことを話すと、

「すぐに、押さえよう」

と、源九郎が言った。

そして、今日、舟で浜松町の近くまで来たのである。源九郎たちは、大川から江戸湊《えどみなと》に出て新堀川に入り、金杉橋近くの船寄《ふなよせ》に舟をとめた。金杉橋から、浜松町はすぐだった。源九郎たちは、捕えた与之吉をはぐれ長屋まで連れていく都合もあって、舟を使ったのである。

「与之吉はいるかな」

源九郎が訊いた。

「あっしと、三太郎で見てきやしょう」

そう言い残し、茂次が三太郎を連れて路地木戸にむかった。

源九郎たち四人は、路地沿いの仕舞屋《しもたや》の脇に身を隠して茂次たちがもどってくるのを待った。

しばらくすると、茂次たちが小走りにもどってきた。

「与之吉は、いやすぜ」

茂次が、すぐに言った。

「踏み込むか」

菅井は、意気込んでいる。

「そうだな、いつ出てくるか。分からんからな」

源九郎は、西の空に目をやった。八ツ半（午後三時）ごろだろうか。陽は西の空にまわっていたが、まだ陽射しは強かった。

「いまごろは、かえって静かだな」

源九郎は、陽が沈むころよりいいかもしれないと思った。長屋の男たちは仕事に出ているし、子供たちも遊びに出て家にいないことが多い。

「それで、与之吉はひとりか」

源九郎が訊いた。

「へい、座敷で酒を飲んでいやしたぜ」

茂次が、与之吉の家の腰高障子の破れ目から覗くと、座敷で胡座《あぐら》をかいて貧乏徳利の酒を飲んでいる与之吉の姿が見えたという。

「昼間っから仕事もしないで、酒をくらってるのか」

菅井が顔をしかめて言った。

「いずれにしろ、ひとりなら都合がいい」

「華町、与之吉はおれにやらせてくれ」

菅井が言った。

「斬るなよ」

「分かってる。峰打ちで仕留める」

「まかせよう」

源九郎は戸口に待機し、与之吉が逃げたときにそなえようと思った。

茂次と三太郎が先にたった。源九郎たちは、すこし間をおいて路地木戸にむかった。長屋の者たちを驚かせないように、ばらばらに入るつもりだった。

路地をくぐると、正面に井戸があった。長屋の女房らしい女が、盥《たらい》を前に置いて洗濯をしていた。茂次や源九郎たちを見て不審そうな顔をしたが、叫んだり逃げ出したりしなかった。源九郎たちはばらばらに入ったし、六人には長屋の住人らしい雰囲気があったので、違和感を覚えなかったのだろう。

「こっちで」

茂次が、長屋の棟の角に身を隠すようにして言った。

そこは、井戸から二棟目だった。近くの家で子供と母親らしい女の声が聞こえたが、人影はなかった。

「三つ目が、やつの塒ですぜ」

茂次が、声をひそめて言った。

腰高障子に西陽があたり、黄ばんだ色にかがやいていた。隣の家からくぐもった女の声がしたが、与之吉の家からは何の物音も聞こえなかった。

「行くぞ」

菅井が足音を忍ばせて、家の前に近付いた。

茂次、孫六、平太の三人がつづき、源九郎と三太郎は茂次たちの後ろについた。

菅井は腰高障子の前まで来ると、障子の破れ目からなかを覗いてみた。

薄暗い座敷で、男がひとり湯飲みを手にして胡座をかいていた。膝先に、貧乏徳利がおいてある。

「やつだ！」

菅井が声を殺して言った。男の顔に見覚えがあった。長屋に踏み込んできたふたりの町人のうちのひとりである。

「おれの後から入れ」

菅井は茂次たちに目をやって言った。

茂次たち三人が、無言でうなずいた。

「入るぞ」

菅井は腰高障子をあけて、土間に踏み込んだ。

茂次、孫六、平太の三人がつづいた。平太は十手を握っている。下っ引きとして使っている十手を持ってきたらしい。

与之吉はいきなり入ってきた菅井たちを見て目を剝《む》き、凍りついたように身を硬くしたが、菅井と気付いたらしく、

「てめえは、菅井！」

と叫びざま立ち上がり、手にしていた湯飲みを菅井にむかって投げ付けた。

菅井が身を低くして湯飲みをかわすと、バリッ、と音がし、湯飲みが腰高障子

の紙を破って外へ飛び出した。

「おとなしくしろ!」

菅井は抜刀し、刀身を峰に返して座敷に踏み込んだ。

与之吉はすばやい動きで、座敷の隅に置いてあった匕首《あいくち》をつかんで抜きはなった。

「や、やろう! 殺してやる」

与之吉が目をつり上げ、匕首を前に突き出すように構えてつっ込んできた。

一瞬、菅井は体《たい》をひらきざま、刀身を横に払った。居合の神速な抜刀を思わせる太刀《たち》捌《さば》きである。

ドスッ、という皮肉を打つにぶい音がし、与之吉の上体が前にかしいだ。菅井の峰打ちが、与之吉の腹を強打したのだ。

与之吉は匕首を取り落とし、苦しげな呻《うめ》き声を上げてうずくまった。両手で腹を押さえている。

「こいつを、縛ってくれ!」

菅井が土間にいる孫六たちに声をかけた。

すぐに、孫六、茂次、平太の三人が、座敷に上がり、与之吉の腕を後ろにとって早縄をかけた。孫六は長く岡っ引きをやっていただけあって、縄をかけるのも巧みだった。

そこへ、源九郎と三太郎が入ってきた。

「わしの出番は、なかったようだな」

源九郎が、後ろ手に縛られている与之吉を見て言った。

七

源九郎たちは、捕えた与之吉を舟に乗せた。大川を遡《さかのぼ》って竪川に入り、与之吉をはぐれ長屋の近くの桟橋で下ろすと、夜陰につつまれた路地を通って菅井の家に連れ込んだ。

はぐれ長屋は夜の帳《とばり》のなかで、ひっそりと寝静まっていた。五ツ半（午後九時）を過ぎているのではあるまいか。長屋の住人たちも、源九郎たちが与之吉を連れてきたことに気付かなかったようだ。

座敷の隅に置かれた行灯《あんどん》の灯《ひ》に、六人の男の顔が浮かび上がった。源九郎、菅井、寺井戸、茂次、孫六、それに捕えた与之吉である。三太郎と平太は、それぞれの家に帰っていた。

「与之吉、腹は痛むか」

源九郎が訊いた。

行灯に照らされた源九郎の顔には、凄《すご》みがあった。肌が赭黒《あかぐろ》く爛《ただ》れたように見え、双眸《そうぼう》が行灯の灯を映じて熾火《おきび》のようにひかっている。

「……い、痛《いて》え」

与之吉が顔をしかめて言った。顔が紙のよう蒼《あお》ざめ、体が小刻みに顫《ふる》えている。肋骨《あばらぼね》でも折れているかもしれない。

「峰打ちだ。命にかかわるようなことはあるまい」

源九郎は与之吉を見つめながら、

「この長屋を襲ったのは五人だが、おまえと馬淵……。後の三人の名は？」

と、訊いた。

「……ひ、ひとりは、佐野《さの》さまだ」

与之吉は、隠す気がないようだ。もっとも、与之吉は源九郎や菅井に顔を見られているのだから、隠しようがないだろう。

「佐野繁三郎《しげさぶろう》か」

すぐに、寺井戸が言った。

寺井戸は佐野の名は知っていたが、見たことはないという。

「佐野という男は、横沢藩士か」

源九郎が、寺井戸に訊いた。

「徒士で、馬淵の配下のひとりらしい」

「そうか」

源九郎は、与之吉に目をむけ、

「もうひとりの武士は？」

と、訊いた。名前ぐらい耳にしているはずである。

「馬淵さまが、景山《かげやま》どのと呼んだのを耳にしたことがあるだけでさァ」

与之吉によると、景山は左腕を斬られた武士だという。

とすれば、佐野はもうひとりの長身の武士ということになる。

源九郎が寺井戸に顔をむけると、

「景山という男は知らぬ。家中で聞いたことはないが……」

寺井戸が首をひねった。

「長屋に踏み込んできたとき、もうひとり、町人がいたな」

源九郎が訊いた。

「猪七《いしち》で」

「猪七は、おまえの仲間か」

「あっしと横沢藩のお屋敷で、中間をしてたことがあるんでさァ」

「そうか」

源九郎が口をつぐんだとき、

「おまえたちが、おせんどのとふくを狙ったのは、どういうわけだ」

寺井戸が、語気を強くして訊いた。

「し、知らねえ。あっしと猪七は、馬淵さまのお指図にしたがっただけだ」

与之吉が声をつまらせて言った。

「馬淵は何も言ってなかったのか」

「ふたりを生かしておくのは、藩のためにならねえ、と言ってやした」

「藩のためにならないとな」

「へえ……」

与之吉が首をすくめた。

次に口をひらく者がなく、座敷は重苦しい沈黙につつまれた。戸口の腰高障子の破れ目から風が入るのか、行灯の灯が揺れて座敷にいる男たちの影を搔《か》き乱している。

「馬淵を捕えれば、分かるのではないか」

菅井が言った。

「そうだな。……与之吉、馬淵はどこにいる」

源九郎が与之吉を見すえて訊いた。

「知らねえ」

「おまえが、知らないはずはない」

「嘘じゃァねえ。おれは、馬淵の旦那が、どこにいるか知らねえんだ」

「では、どうやって連絡をとっているんだ」

「猪七が、つなぎ役でさァ。それに、大事な用があるときは、辰巳屋に集まって相談してるんで」

与之吉が言った。

「馬淵たちが辰巳屋に集まるのは、あっしらもつかんでますぜ。店の者の話じゃァ、七、八人も集まることがあるそうでさァ」

話を聞いていた孫六が、口をはさんだ。

「七、八人な」

やはり、馬淵たちの仲間は長屋に踏み込んできた五人だけではない、と源九郎はみた。

「それで、猪七はどこにいる」

源九郎が語気を強めて訊いた。

「森元町《もりもとちよう》の長五郎店《ちようごろうだな》でさァ」

森元町は、増上寺の西側に位置している。

「ひとりで、暮らしているのか」

「女親がいるはずでさァ」

「そうか」

源九郎は、明日にも長五郎店に行ってみるつもりだった。

それから、源九郎たちは馬淵とかかわりのある他の武士のことも訊いてみたが、与之吉は知らないようだった。

話がひととおり終わったとき、

「馬淵の旦那とは、きっぱり縁を切りやすから、あっしを帰《けえ》してくだせえ」

与之吉が哀願するように言った。

「そうはいかないな。しばらく、ここにいてもらう」

源九郎は、始末がついたら寺井戸と相談してどうするか決めようと思った。

それに、茂次たちの話だと、与之吉は博奕にも手を出しているので、南町奉行所の村上に引き渡す手もあるだろう。

翌日、源九郎は茂次と孫六を連れ、森元町へ行ってみた。森元町は、狭い町なので長五郎店はすぐに分かった。だが、猪七はいなかった。家にいたおとしという初老の母親に訊くと、

「猪七は、ここ三日、家に帰ってこないんですよ」

おとしが、心配そうな顔で言った。

源九郎たちが森元町の長屋を出てから、

「猪七は、あっしらが増上寺界隈《かいわい》を探っているのに気付いて、姿をくらましたのかもしれねえ」

孫六が、けわしい顔をして言った。

第四章　母子《おやこ》

一

「旦那、昨日《きのう》、おかしなやつが来たよ」

お熊が、声をひそめて言った。

「おかしなやつとは？」

源九郎は、握りめしを手にしたまま訊《き》いた。

今朝、お熊が丼《どんぶり》を手にして、源九郎の家にやってきた。丼には握りめしがふたつ、それに切ったたくわんが添えてあった。朝餉《あさげ》の残りのめしで握ったらしい。

さっそく、源九郎は上がり框《がまち》のそばに来て、握りめしに手を伸ばしたところだった。

「鼠取りの薬を売り歩いている男なんだけどね。売る気がないのか、何も言わずに長屋の家を覗《のぞ》いてまわってたんだよ」

鼠取り薬売りは、通常「石見《いわみ》銀山鼠取」と記した幟《のぼり》を立て、「いたずらものはいないか、いたずらものはいないかな」などと大声で言いながら売り歩いている。

「妙だな。……近所では、見かけない顔か」

鼠取り薬売りが呼び声を上げないとなると、薬を売りにきたのではない。鼠取り薬売りに化けて、長屋を探りにきたのだろう、と源九郎は思った。

「手ぬぐいで頰っかむりしてたのでね。顔は、よく見えなかったんだよ」

お熊によると、源九郎や菅井の家も覗いていたという。

「おせんどのの居所を、探りにきたのかもしれんな」

源九郎は、猪七ではないかと思った。

「お熊、いまの話、菅井たちにもしたのか」

「華町の旦那だけだよ」

「菅井と寺井戸どのには、話しておかねばならんな。それに、何か手を打たねば

――」

源九郎は急いで握りめしを頬ばると、流し場で水を一杯飲んでから、お熊といっしょに戸口から出た。

お熊は自分の家にもどったので、源九郎だけ菅井の許にむかった。

菅井の家の腰高障子をあけると、座敷のなかほどで菅井と寺井戸が、将棋盤を前にして座っていた。

「おい、朝から将棋か」

源九郎が呆《あき》れたような顔をして言った。

「華町、いいところに来た。この勝負が終わったら、次は華町と指してもいいぞ」

菅井が将棋盤を見すえたまま言った。声に勢いがある。形勢が有利なのかもしれない。

「菅井どのに、誘われてな……」

寺井戸は、困惑したような顔をしていた。

「しょうがない、やつだな」

源九郎は将棋盤の脇に膝を折った。

……菅井が優勢だぞ。

局面は、菅井にかたむいていた。このままいけば、菅井が勝つのではあるまいか。

「どうも旗色が悪い。……次は、華町どのに譲ろう」

寺井戸が、小声で言った。

……そうか。寺井戸どのは、菅井に勝たせるつもりだな。

源九郎は、寺井戸の魂胆がよめた。

寺井戸は将棋を早く切り上げるために、菅井に華を持たせようとしているのだ。

「将棋もいいが、それどころではないぞ」

源九郎が強いひびきのある声で言った。

「何かあったのか」

寺井戸が訊いた。

菅井は得意そうな顔をして金を王の前に打ち、「王手飛車取りだぞ」と声を上げた。

源九郎は菅井を無視して言った。

「長屋を探っていた者がいる。馬淵の手の者とみていい。……おせんどのの居所をつかまれたとみなければならないな」

「まことか！」

寺井戸が声を上げた。

「て、寺井戸どの、王手飛車取りだ。……さァ、どうする？」

菅井が寺井戸に目をむけて言った。

「この勝負は、わしの負けだ。あと、七、八手でつむ。菅井どのも、読めているだろう」

「まァ、そうだが」

「菅井どのは、腕を上げた。わしも、かなわん」

そう言って、寺井戸は駒を盤のなかほどに掻《か》き集めてしまった。

「ここまでにするか」

菅井は満足そうな顔をして駒を片付け始めた。

「どうしたものかな」

寺井戸が苦慮するように顔をしかめた。

「いまのまま、馬淵たちが長屋に押し込んできたら、おせんどのやおふくは守り切れないぞ。……今度は、大勢で踏み込んでくるだろう」

源九郎は、孫六が辰巳屋に七、八人も集まることがあるらしいと口にしたことを思いだした。馬淵たちが長屋に押し入ったときは五人だったが、他に仲間がいるとみねばならない。

「先手をとるしかないな」

菅井が言った。

「菅井の言うとおりだ。……こちらから先に仕掛けよう」

「どうするのだ？」

寺井戸が訊いた。

「佐野だ。……藩邸にいるのではないか」

「いるはずだが、わしには分からん。依之助と松浦どのなら、分かるだろう」

「すぐ、ふたりに連絡をとってくれ。佐野を捕えて口を割らせれば、馬淵や他の仲間の居所が分かるかもしれん」

居所が知れれば、こちらが先に襲うこともできる。

「承知した」

寺井戸が立ち上がった。

「これから、愛宕下まで行くのか」

源九郎が訊いた。

「依之助と松浦どのは、藩邸にいるからな」

「舟を使ってくれ」

このところ、舟は借りたままになっていた。舟を扱える茂次も長屋にいるだろう。


その日の八ツ半(午後三時)ごろ、松浦と依之助が、源九郎の家に姿を見せた。

まず、源九郎が、長屋に押し入った町人のひとり、与之吉を捕えて訊問《じんもん》したことをかいつまんで話し、佐野繁三郎も襲撃者のひとりであることを言い添えた。

「徒組《かちぐみ》の佐野か」

松浦が驚いたような顔をして言った。

「まだ、佐野を押さえるのは早いとみていたが、そうも言ってられなくなったのだ」

源九郎は、馬淵の仲間のひとりが、長屋を探りにきたことを話し、

「長屋に押し入って、おせんどのとおふくを討つつもりではあるまいか」

と、言い添えた。

「そうかもしれません」

依之助が、顔をけわしくして言った。

「それでな、佐野を押さえて馬淵たちの居所を吐かせたいのだが、佐野は藩邸にいるのかな」

源九郎が訊いた。

「いるには、いるが……」

依之助が困ったような顔をし、

「目付筋の者が佐野を捕えるには、何か罪状がないと……。おせんさまもおふくさまも、まだ秘匿しておかねばなりませんし……」

と、父親の寺井戸に目をやりながら言った。依之助は、おせんさま、おふくさま、と呼んだ。おふくが、藩主の忠吉の子だとみているからだろう。

「いや、捕えるのは、わしらがやる。おせんどのもおふくも、表には出さず、長屋の者が、住人を守るために押し入った賊を捕えたことにでもすればいい」

源九郎が言うと、

「捕えたら、ここに連れてきて吐かせてやる」

菅井が、勢い込んで言った。

「それならば」

依之助が言うと、松浦もうなずいた。

二

松浦と依之助がはぐれ長屋に来た二日後、源九郎は愛宕下の横沢藩の上屋敷近くに来ていた。菅井、松浦、孫六の姿があった。そこは、上屋敷の裏手で、大名の下屋敷との間にある細い路地だった。

その場に、寺井戸の姿はなかった。馬淵たちの襲撃に備えて、はぐれ長屋に残ったのである。

暮れ六ツ（午後六時）ちかかった。路地には淡い夕闇が忍び寄っている。源九郎たちが、この場に身をひそめて一刻（二時間）ほどになる。

松浦たちから、佐野は陽が沈むころ裏門から出て、増上寺界隈《かいわい》へ行くことが多いと聞き、上屋敷から離れたところで佐野を捕えようとしたのだ。

「今日は、屋敷を出ないのかな」

松浦が、路地の先に目をやって言った。顔に苛立《いらだ》ったような表情がある。

そこから、上屋敷の裏門は見えなかった。裏門近くには依之助と茂次がいて、門を出入りする者に目を配っている。佐野が姿を見せたら、茂次が知らせにくる手筈《てはず》になっていたのだ。

そのとき、路地の先に目をやっていた菅井が、

「来たぞ！　茂次だ」

と、声を上げた。

茂次が、源九郎たちのいる路地に走り込んできた。

「佐野が門から出やした！」

茂次が源九郎たちに走り寄って声を上げた。

「ひとりか」

源九郎が訊いた。

「へい、依之助さまが尾《つ》けていやす」

「すぐに、われらも」

松浦が先にたち、小走りに路地の先の通りにむかった。源九郎たちも後につづいた。そこは、上屋敷の裏門からつづく通りだった。

松浦が通りの左右に目をやり、

「あそこだ！」

と言って、通りの先に依之助らしい武士の後ろ姿が見えた。

見ると、通りの先に依之助らしい武士の後ろ姿が見えた。佐野の姿は確認できなかったが、依之助の先にいるのだろう。

源九郎たちは、小走りに依之助の後を追った。依之助に近付くと、通りの先に武士の姿が見えた。

「佐野です！」

松浦が武士を指差して言った。

「まちがいないな」

源九郎は、その長身の姿に見覚えがあった。長屋に押し入ってきた長身の武士である。

佐野は、足早に増上寺の方へ歩いていく。通りは淡い夕闇につつまれ、ひっそりしていた。ときおり、供連れの武士や中間《ちゅうげん》などが通りかかるだけである。

源九郎たちは、路傍の樹陰や大名屋敷の築地塀《ついじべい》の陰などに身を隠しながら、佐野の跡を尾けていく。

前方に増上寺の御成門が見えてきた。日中は参詣客や遊山《ゆさん》客などが大勢行き交っているのだが、いまはまばらだった。辺りは、薄暗くなっている。

佐野は御成門の前を左手におれた。東海道の方へ歩いていく。

「行き先は、辰巳屋ではないか」

源九郎が言った。

「旦那、宇田川町《うだがわちょう》に入ったところで、仕掛けたらどうです」

孫六によると、宇田川町の町筋に入れば、通り沿いの店は表戸をしめているし、人影もほとんどなくなるという。

「そうしよう」

「こっちでさァ」

孫六が先にたって、脇道に入った。この辺りの道筋を知っているらしい。孫六はすこし左足を引きずるようにして歩いたが、足は速かった。長年、岡っ引きとして鍛えた足である。

孫六の後に、源九郎と松浦がつづいた。先回りして、佐野の前に出なければならない。菅井、依之助、茂次の三人は、そのまま佐野の跡を尾けていく。源九郎と菅井たちとで、宇田川町の町筋で、佐野を挟み撃ちにするつもりだった。

源九郎たちは宇田川町に入り、しばらく細い路地をたどってから表通りに出た。

「華町の旦那、佐野が来やす！」

孫六が通りの先を指差して言った。

夕闇に閉ざされた通りの先に、かすかに人影が見えた。長身の武士である。佐野にまちがいない。

「ここで待とう」

源九郎たちは、表戸をしめた店の軒下に身を寄せた。

しだいに、佐野が近付いた。その後方に、菅井たちの姿が見えた。菅井たち三人は、通り沿いの天水桶の陰や店の角などに身を隠しながら尾けてくる。

源九郎は、佐野が二十間ほどに近付いてから通りに走り出た。松浦がつづいたが、孫六は店の前から動かなかった。様子を見て、飛び出すつもりらしい。

佐野は源九郎の姿を見て、ギョッとしたように立ち竦《すく》んだ。

「うぬは、華町！」

佐野が叫んだ。源九郎の名を知っているらしい。

「わしといっしょに、来てもらおう」

源九郎は、刀の柄《つか》に右手を添えた。

佐野は刀に手をかけながら、背後に目をやった。逃げようとしたらしいが、動かなかった。背後から走り寄る菅井たちの姿を目にしたようだ。

「挟み撃ちか！」

佐野は叫びざま、刀を抜いた。

「手向かうなら、刀を抜かねばならぬな」

源九郎は抜刀し、刀身を峰に返した。佐野を斬らずに、峰打ちに仕留めるつもりだった。

「おのれ！」

佐野は青眼に構え、切っ先を源九郎にむけた。

「ここで、長屋の勝負をつけるか」

源九郎は八相に構えた。すでに、源九郎は長屋で佐野と剣をまじえていたが、勝負はついていなかったのだ。

佐野の切っ先が、小刻みに震えていた。気の昂《たかぶ》りと恐怖で、体が硬くなっているのだ。

「いくぞ」

源九郎が、摺《す》り足で佐野との間合をつめ始めた。

佐野は後じさったが、すぐに足がとまった。背後から走り寄る菅井たちの足音が、迫ってきたのだ。

源九郎は一足一刀の間境に迫るや否や、八相から袈裟《けさ》に斬り下ろす気配を見せ、

イヤァッ！

と、鋭い気合を発した。敵の斬撃を誘う、気合だった。この誘いに、佐野が乗った。

タアリャッ！

佐野が甲走《かんばし》った気合を発して、斬り込んできた。

遠間《とおま》から振りかぶりざま真っ向へ——。

長身を生かした伸びのある斬撃である。

だが、源九郎はこの太刀筋を読んでいた。すばやく体《たい》をひらいて、佐野の斬撃をかわしざま、袈裟に刀身を振り下ろした。一瞬の太刀捌《たちさば》きである。

峰に返した刀身の先が、右の前腕をとらえた。にぶい骨音がし、佐野の右腕がゆがんだように見えた瞬間、佐野は刀を取り落とし、前によろめいた。峰打ち

が、佐野の腕を強打したのだ。

すかさず、源九郎は佐野に体を寄せ、切っ先を佐野の喉元にむけた。

「動くな！　突き刺すぞ」

源九郎が鋭い声で言った。

佐野はその場につっ立った。右腕が、だらりと垂れている。源九郎の一撃が、骨を砕いたのかもしれない。

そこへ、菅井や依之助たちが駆け寄って佐野を取りかこんだ。佐野は目をつり上げ、紙のような蒼《あお》ざめた顔で立っている。

「孫六、縄をかけてくれ」

源九郎が声をかけた。

「へい」

孫六は茂次にも手伝わせ、佐野の胸のあたりに細引をまわして縛った。本来なら後ろ手にとって縛るのだが、佐野の右腕の骨が折れているとみて、腕は垂らしたままにしたのである。

「騒がれると面倒だ。旦那、猿轡《さるぐつわ》もかませやすぜ」

そう言って、孫六は佐野に猿轡をかました。

三

「孫六、猿轡をとってくれ」

源九郎が言った。

すぐに、孫六が佐野の猿轡をとった。佐野は何も言わなかった。苦痛に顔をゆがめ、睨《にら》むように源九郎たちを見すえている。

はぐれ長屋の菅井の家だった。夜のうちに、佐野を長屋に連れてきたのである。座敷の隅に行灯《あんどん》が置かれ、集まっている男たちの顔を照らしていた。

愛宕下に佐野を捕えにいった源九郎たちの他に、寺井戸の姿もあった。

「お、おれを、どうしようというのだ」

佐野が声を震わせて言った。

「おまえ次第だな。……まず訊くが、おぬしたちは、何のためにおせんどのやおふくを殺そうとしているのだ」

源九郎が訊いた。

「お、おれは、知らぬ。馬淵さまのお指図にしたがっているだけだ」

佐野が語気を強くして言ったが、声は震えていた。腕の痛みと気の昂りのせいであろうか。

「馬淵は、何と言っているのだ」

寺井戸が訊いた。

「ふたりを生かしておくと、将来、藩を二分するような騒動が起こるそうだ。馬淵さまは、その芽をいまのうちに摘んでおくのだとおおせられていた。……われらは、藩のためにしているのだぞ」

佐野が、寺井戸や松浦に挑むような目をむけた。

どうやら、馬淵はおふくが藩主、忠吉の子だと知っているようだ。むろん、配下の佐野も承知しているだろう。

「世継ぎ争いが起こるとでも言うのか。ふくは女だぞ。しかも、ふくはまだ六歳だ。それに、殿には正室の萩乃さまがおられるではないか」

寺井戸が声を荒立てて言った。いくぶん気が昂っているようだ。

「……世継ぎ争いのことまでは、分からない。おれは、小頭《こがしら》である馬淵さまのお指図にしたがったまでだ」

「うむ……」

寺井戸がけわしい顔で口をつぐんだとき、

「この長屋に押し込んだ五人のなかに、景山なる者がいたが、何者なのだ」

源九郎が、声をあらためて訊いた。

「……よく、景山どのの名が分かったな」

佐野が驚いたような顔をして、源九郎を見た。

「与之吉を捕えてな、話を聞いたのだ。……おぬしや馬淵のことも、だいぶしゃべってくれたよ」

与之吉は、長屋のあいている部屋へ押し込めてあった。茂次たち四人が交替で、めしを運んでいる。

「景山は、わが藩の者ではないはずだ」

松浦が口をはさんだ。江戸詰めの藩士のなかに、景山という名の者はいないことが分かったのであろう。

「米倉藩士と聞いている」

佐野が答えた。

「なに、米倉藩士だと！」

松浦が驚きの声を上げた。松浦だけではない。寺井戸も依之助も、驚いたような顔をしている。

……まさか、正室の萩乃さまが！

源九郎の胸に、萩乃が馬淵たちの黒幕ではないかという思いがよぎった。正室の萩乃は、米倉藩主、安藤近江守紀喬の長女である。藩主、忠吉の許に輿入《こしい》れして二年ほど経つが、まだ子は生まれていない。

萩乃は、忠吉の子であるおふくが藩邸に入り、横沢藩を継ぐことを恐れ、いまのうちに亡き者にしようとして、馬淵におせんとおふく殺しを命じたのであろうか——。

……それもおかしい。すこし、考え過ぎだな。

と、源九郎は思った。

おふくは、まだ六歳の女児《おんなのこ》である。しかも、おせんは側室として藩邸に入るのを拒否している。それに、萩乃が横沢藩に輿入れしてまだ二年ほどである。これから、子が生まれることは十分考えられる。

やはり、馬淵たちにおせんとおふく殺しを命じたのは、萩乃ではない、と源九郎は思った。かりに、萩乃がおせんとおふくの死を望んだとしても、徒組の小頭である馬淵に暗殺を命ずるはずはない。正室と徒組の小頭に、そのような強いつながりがあるとは思えないのだ。

……ならば、米倉藩の者がくわわっているのは、どういうわけであろう。

源九郎には、まだ分からないことが多かった。

いっとき、座敷は重苦しい沈黙につつまれていたが、

「ところで、増上寺の門前通りにある辰巳屋を知っているな」

源九郎が、声をあらためて佐野に訊いた。

「知っている」

「そこが、おぬしらの密談場所だな」

「そうだ」

佐野は隠さなかった。いまさら、隠しても仕方がないと思ったのだろう。

「辰巳屋には、七、八人集まるというが、この長屋に押し入った者のほかに、だれがいるのだ」

「……米倉藩士が三人、それに、米倉藩の屋敷で奉公したことのある中間もくわわることがある」

「なに、景山の他にも米倉藩の者がいるのか」

源九郎が訊いた。

「御留守居役さまも、おられる」

「津川宗右衛門《つがわそうえもん》どのか！」

松浦が、声を上げた。

寺井戸と依之助も驚いたような顔をしている。

「留守居役がな……」

源九郎も驚いた。津川のことは知らなかったが、御留守居役のような重職の者がくわわっているとは思わなかったのだ。

御留守居役まで動いているとなると、やはり、萩乃がかかわっているのであろうか──。源九郎は分からなくなった。

「ならば、わが藩の御留守居役の富山《とみやま》さまも、かかわっているかもしれん」

松浦が、虚空を睨むように見すえてつぶやいた。

「富山さまとは？」

源九郎が訊いた。

「富山佐衛門《さえもん》さまは米倉藩の津川さまと懇意にしていて、萩乃さまの輿入れに際しても、津川さまと何度も会われて話を進めた方だ」

「うむ……」

源九郎は、馬淵の背後に富山もいるのかもしれない、と思った。ただ、いまのところ推測だけで、何の証《あかし》もない。

源九郎は、とにかく馬淵を押さえればはっきりすると思い、

「それで、馬淵はどこに身をひそめているのだ」

と、佐野に訊いた。馬淵なら、だれがおせんとおふくの暗殺を命じたのか知っているはずである。

「し、知らぬ。景山どのといっしょだと聞いたが……」

「景山は、米倉藩の屋敷にいるのではないか」

黙って聞いていた依之助が、口をはさんだ。

「いや、藩邸ではないらしい。町宿《ちょうしゅく》と聞いている」

「町宿か。米倉藩は、町宿に住む者はすくないと聞いている。目付の者たちで、景山と馬淵の居所をつきとめましょう」

依之助が、顔をひきしめて言った。

佐野の訊問がひととおり終わると、

「この男は、どうするな」

と、寺井戸が、松浦と依之助に目をやって訊いた。

「しばらく、藩邸に監禁しておきます。此度《こたび》の件が、はっきりしたら何らかの沙《さ》

汏《た》があるはずだ」

松浦が言った。

四

「伯父上《おじうえ》だ！」

おふくが、千代紙で折った鶴を手にして声を上げた。

おせんとおふくが暮らしている長屋の家である。寺井戸は、おせんに訊きたいことがあって、足を運んできたのだ。

「おせんどの、落ち着かれたかな」

寺井戸は土間に立ったままおせんに訊いた。

「は、はい……。寺井戸さま、お上がりになってください」

おせんは何か繕い物をしていたらしいが、針を針刺しに刺して立ち上がった。

そうした姿は、長屋の若い母親と変わりない。

「わしは、ここでいい」

寺井戸は、上がり框に腰を下ろした。母子《おやこ》だけの家に、上がるのは気が引けたのだろう。

おふくが折り鶴を手にして、寺井戸のそばに来た。

「伯父上、鶴だよ」

「上手に折れたな」

寺井戸が目を細めて言った。

「おかァちゃんに、教えてもらったの」

「それは、よかった」

「……もう一枚、折る」

おふくは、寺井戸の脇に座ると、別の千代紙で鶴を折り始めた。自分で、折れるところを寺井戸に見せたいらしい。

寺井戸はおふくの手元に目をやりながら、

「おせんどのに、訊きたいことがあるのだがな」

と、世間話でもするような口調で言った。鶴を折っているおふくの気を散らしたくなかったのである。

「何でしょうか」

「殿が藩を継がれ、大殿が亡くなった後、殿に会われたことがあるな」

大殿は、先代の盛周である。

「はい、一度、高輪においでになったことがあります」

「そのとき、殿は、藩邸で暮らすよう口にされたのではないか」

寺井戸が念を押すように訊いた。

「はい、……ですが、お断りいたしました。わたしのような者が、お大名のお屋敷で暮らせるはずはありませんから」

「それで、殿は何とおおせられたのだ」

「……すぐ慣れると、おっしゃられましたが、その後、わたしの好きなようにしていいとも口にされました」

「そのとき、萩乃さまのことは、何か言ってなかったかな」

寺井戸が、声をひそめて訊いた。

「なにも、おっしゃいませんでしたが……」

おせんが、不安そうな目で寺井戸を見た。

「いずれにしろ、殿と一度お会いしてみないか。……殿のお考え次第で、此度の騒ぎも収まるかもしれん。長屋の者が手を貸してくれるので大事にならずに済んでいるが、今後どうなるか分からんし、長屋の者に犠牲者が出る恐れもある」

寺井戸は、長屋の住人に犠牲者が出るような事態になれば、この長屋で暮らす

 こともできなくなるとみていた。

それに、寺井戸は口にしなかったが、米倉藩の御留守居役までかかわっているとなると、寺井戸や松浦たちだけでは始末がつかないのだ。

「殿さまとお会いできれば、わたしからもお話ししたいことがあります」

おせんが、はっきりした声で言った。

「そうか」

寺井戸は、こちらの気持ちを松浦を通して殿に伝えてもらおうと思った。

それから、寺井戸は脇で鶴を折っているおふくに目をやり、

「ふく、上手に折れたな。わしに、ひとつくれんか」

と、目を細めて言った。

「うん」

おふくは、脇に置いてあった折り鶴を寺井戸に手渡した。

寺井戸は折り鶴を手にし、

「おふく、鶴だ」

と言って、鶴が飛んでいるかのように指先で動かしながら戸口から出ていった。

曇天のせいか辺りは薄暗かったが、まだ五ツ半（午前九時）ごろであろう。寺井戸は、菅井の家には寄らず、そのまま路地木戸にむかった。遠いが、愛宕下まで行こうと思ったのである。

路地木戸から出たとき、木戸の前で茂次と顔を合わせた。

「旦那、折り鶴ですかい」

茂次が寺井戸の手にしている折り鶴を見て訊いた。

「ふくに折ってもらったのだ」

寺井戸が目を細めて言った。

「鶴といっしょに、どちらへ？」

茂次が訊いた。

「愛宕下までな」

「藩のお屋敷ですかい」

「そうだ」

「舟で送りやしょうか。愛宕下まで、かなりありやすぜ」

「いや、いい。まだ、早いからな。それに、今夜は、せがれのところに泊まってこようと思っているのだ」

寺井戸は、いつも茂次の手をわずらわせたくなかったのだ。

「それじゃァ、お気をつけて」

茂次は路地木戸の脇に立って見送った。


寺井戸の姿が、路地木戸から二十間ほど離れたときだった。路地木戸の斜《はす》向かいにある下駄屋の脇から、町人体の男がひとり路地に出た。

男は路地沿いの店の脇や樹陰などをたどるようにして歩いていく。

茂次はその男を目にとめ、

……やつは、寺井戸の旦那を尾けてるようだ。

と、思った。

茂次は、男の跡を尾けた。馬淵たちの仲間のひとりとみたのである。

前を行く寺井戸は、尾行者に気付かないようだった。折り鶴を手にしたまま竪川の方へ歩いていく。

五

寺井戸は、竪川沿いの通りに出た。いつもは人通りが多いのだが、曇天のせいもあってか、人影はまばらだった。

前方に竪川にかかる一ツ目橋が見えてきた。橋を渡るひとの姿が、胡麻《ごま》粒のようにちいさい。

寺井戸は大川にかかる両国橋を経て、日本橋へ出るつもりだった。その後、東海道を南にむかって愛宕下へ出るのである。

寺井戸が、一ツ目橋のたもと近くまで来たときだった。背後から、走り寄る足音を聞いた。

振り返ると、三人の男が駆け寄ってくる。ふたりは武士、ひとりは町人だった。武士はふたりとも網代笠《あじろがさ》をかぶり、小袖にたっつけ袴で二刀を帯びていた。ひとりは大柄、もうひとりは中背で痩せている。

大柄な武士は馬淵らしい。寺井戸は、その体付きに見覚えがあった。胸が厚く、腰がどっしりとしている。大樹の幹のような体軀《たいく》である。

町人は、棒縞の小袖を裾高に尻っ端折《しりばしょ》りしていた。遊び人ふうである。寺井戸は、男を知らなかった。

……殺気がある！

寺井戸は、ふたりの武士に殺気を感じた。

寺井戸は手にした折り鶴を捨てた。

折り鶴は川風に流され、竪川の川面まで飛んだ。

寺井戸はすばやく後じさり、川岸の柳の幹に背をむけて立った。背後に、まわられるのを防ごうとしたのである。

馬淵らしい武士が、寺井戸の正面に立った。もうひとりの中背の武士は、左手にまわり込んできた。

「馬淵か！」

寺井戸が、正面に立った武士に誰何《すいか》した。

「いかにも」

馬淵は網代笠を取って路傍に投げ捨てた。

すると、中背の武士も笠を取った。三十がらみであろうか。浅黒い顔をした眼光の鋭い男である。

寺井戸は、中背の武士の顔に見覚えがなかった。米倉藩士かもしれない。

「寺井戸、命はもらったぞ」

言いざま、馬淵が抜刀した。

刀身がギラリとひかった。二尺七、八寸はありそうな長刀である。

すぐに、左手に立った武士も刀を抜き、青眼に構えて切っ先を寺井戸にむけた。遣い手らしい。構えに隙がなく、腰が据わっている。

「やるしかないようだな」

寺井戸も抜刀した。

馬淵は八相に構えた。両肘を高くとり、切っ先で天空を突くように高く構えている。大きな構えである。

……このままでは、後れをとる。

と、寺井戸は察知した。

馬淵だけでも強敵だった。左手にいる中背の武士も遣い手らしい。ふたりが相手では太刀打ちできない。

「いくぞ！」

馬淵が先に動いた。

大きな八相に構えたまま趾《あしゆび》を這《は》うようにさせて、すこしずつ間合を狭めてきた。

対する寺井戸は、動かなかった。青眼に構え、切っ先を馬淵の目線につけている。腰の据わった隙のない構えである。

茂次は寺井戸と馬淵たちの闘いの様子を目にすると、

……寺井戸の旦那があぶねえ！

と、思った。剣の心得のない茂次にも、ふたりの武士を相手にした寺井戸に、勝ち目がないように見えたのである。

茂次は反転して走り出した。寺井戸を助けるためには、はぐれ長屋に駆けもどり、源九郎と菅井を連れてくるしかないと思ったのだ。

茂次は懸命に走った。遅れれば、寺井戸の命はない。

幸い、はぐれ長屋は近かった。竪川沿いの通りから路地に入れば、すぐである。

茂次は、路地木戸から長屋に駆け込んだ。路地木戸に近い源九郎の家の戸口まで来ると、

「華町の旦那！」

と、叫びざま腰高障子をあけはなった。

座敷のなかほどに、源九郎と菅井が座っていた。ふたりの膝先に将棋盤が置いてある。

「将棋なんぞ、やってる暇はねえ！」

茂次が土間にたって声を上げた。

「どうした、茂次」

源九郎は、すぐに立ち上がった。茂次の慌てている様子から、何か大事があったとみたのである。

「寺井戸の旦那があぶねえ！　馬淵たちに、斬られそうだ」

「なに、馬淵たちだと！」

菅井も、立ち上がった。将棋をしている場合ではないと思ったようだ。

「場所はどこだ」

源九郎は、部屋の隅に置いてあった刀をつかんだ。

「一ツ目橋の近くでさァ」

「行くぞ」

源九郎は土間に飛び下りた。

菅井もつづき、三人は路地木戸に走った。

茂次を先頭に、菅井と源九郎が後につづいた。路地木戸に出ていっとき走ると、源九郎が、喘《あえ》ぎ声を上げ始めた。足がもつれている。老齢のせいか、源九郎は走るのが苦手だった。

「華町、先に行くぞ」

茂次と菅井が先になり、源九郎はよろめくような足取りで竪川沿いの通りにむかった。

竪川沿いの通りへ出て、一町ほど走ると、前方に一ツ目橋が見えてきた。そのたもと近くに、人だかりができている。

……あそこだ！

源九郎の目に、きらめく白刃が見えた。何人かが刀を手にして斬り合っている。寺井戸が、馬淵たちと闘っているらしい。

前を行く菅井と茂次の足が、さらに速くなった。

源九郎は、ゼイゼイと喘ぎ声を上げながら懸命に走った。何とか、寺井戸が斃《たお》される前に駆け付けねばならない。

六

寺井戸は馬淵と対峙《たいじ》していた。

ふたりの間合は、およそ三間半――。まだ、斬撃の間境の外だった。

馬淵は、八相に構えていた。刀身を垂直に立てた大きな構えである。寺井戸は青眼に構えると、八相に対応するために切っ先を馬淵の左拳につけた。

寺井戸の着物の左肩が裂けていた。あらわになった肌が、血に染まっている。馬淵の八相から袈裟に斬り下ろした斬撃を浴びたのである。疼痛《とうつう》はあったが、左腕は自在に動くので、骨や筋に異常はないらしい。ただ、出血は激しかった。傷口から血が迸《ほとばし》り出ている。

もうひとり、中背の武士は寺井戸の左手に立ち、青眼に構えた切っ先を寺井戸にむけていた。間合は四間ほどあった。すぐに、斬り込んでくる気配はなかった。馬淵と寺井戸の動きを見てから、踏み込むつもりなのだろう。

「次は仕留める」

馬淵が、八相に構えたまま間合をつめ始めた。足元で、ズッ、ズッと地面を摺《す》る音が聞こえた。

寺井戸は、馬淵の八相の構えに上から覆いかぶさってくるような威圧を感じた。垂直に立てた長刀が天空にまで伸びているように、ひどく長く見えた。

……次はかわせぬ！

と、寺井戸は察知した。

寺井戸は後じさった。このまま馬淵に、斬撃の間境を越えられたら斬られる、という恐れがあったのである。

ふいに、寺井戸の足がとまった。踵《きびす》が、竪川の岸際に迫っている。その先は傾斜の急な土手になり、葦《あし》が生い茂っていた。これ以上下がれない。

馬淵は、ジリジリと斬撃の間境に迫ってきた。

そのときだった。

「どけ！　前をあけろ」

と、怒鳴り声が聞こえた。

菅井の声だ！　寺井戸は、はぐれ長屋から菅井が駆け付けたことを察知した。

つづいて、「寺井戸の旦那！　助けに来やしたぜ」という茂次の声が聞こえた。

その場を離れて道をあける野次馬たちの足音がした。ざわめきのなかに、「助太刀だ！」「居合抜きの旦那だ！」「後ろから、華町の旦那もくるぞ」などという声が聞こえた。

……助けがきたのだ！

寺井戸が、頭のどこかで声を上げた。

そのとき、馬淵が大きく踏み込み、全身に斬撃の気がはしった。

イヤアッ！

裂帛《れっぱく》の気合を発し、馬淵が斬り込んできた。

八相から袈裟へ——。

長刀が刃唸《はうな》りをたてて、寺井戸を襲う。

一瞬、寺井戸は刀身を振り上げて、馬淵の斬撃を受けた。

ガチッ、と重い金属音がひびき、寺井戸の眼前で青火が散った。次の瞬間、寺井戸の腰がくだけ、後ろによろめいた。馬淵の剛剣に押されたのである。

寺井戸の足が空に浮いた。岸際を越えたのである。体が沈んだ次の瞬間、寺井戸は急な土手を転がり落ちた。

寺井戸は、群生した葦のなかに体を突っ込んだ。ザザザッ、と大きな音がして、葦が薙《な》ぎ倒された。寺井戸の体は、竪川の浅瀬まで落ちてとまった。

なんとか、寺井戸は立ち上がり、体に絡みついた葦を払い落とした。着物はずぶ濡れである。

「おれが相手だ！」

叫びざま、菅井は中背の武士に突進した。逸早《いちはや》く、中背の武士が菅井に気付き、前に立ちふさがったからである。

菅井は左手で刀の鯉口《こいぐち》を切り、右手を柄に添えていた。般若《はんにゃ》のような顔の目がつり上がり、口を強く結んでいる。

菅井は居合い腰にとり、居合の抜刀体勢をとったまま斬撃の間境に迫っていく。

中背の武士は青眼に構え、切っ先を菅井にむけた。やや剣尖《けんせん》が高い。抜刀体勢のまま迫ってくる菅井に、恐怖を感じたらしい。

菅井が、一気に居合をはなつ間合に踏み込んだ。

タアッ！

鋭い気合と同時に、菅井の腰元から閃光《せんこう》がはしった。

半弧描いて袈裟へ——。

迅《はや》い！　稲妻のような抜きうちの一刀である。

咄嗟《とっさ》に、中背の武士は身を引いた。体が勝手に反応したのだろう。だが、間に合わなかった。

ザクリ、と中背の武士の着物が肩から胸にかけて裂けた。あらわになった肌に血の線がはしり、ふつふつと血が噴いた。

中背の武士は驚愕《きょうがく》に目を剝《む》き、よろめくように後じさった。

岸際まで下がると、中背の武士はふたたび青眼に構え、切っ先を菅井にむけた。その刀身が、ワナワナと震えている。中背の武士の着物が、流れ出る血で見る間に赤く染まっていく。

これを見た馬淵が、

「おのれ！」

と叫びざま、すばやい動きで菅井の右手に迫ってきた。

すぐに、菅井は左手に逃げた。抜刀したままでは、馬淵に太刀打ちできないとみたようだ。

そのとき、源九郎が馬淵に走り寄り、

「ま、待て！」

と、声をかけた。ゼイゼイと荒い息を吐き、顔が苦しげに歪《ゆが》んでいる。

「華町か」

馬淵は源九郎に体をむけた。

「わ、わしが相手だ……」

源九郎は、馬淵から四間ほど間をとったまま大きく息を吐いた。せめて、息だけでも整えねば立ち合いにならない。

「老いぼれ、その苦しげな息の根をとめてやろう」

馬淵は八相に構えた。切っ先が、天空を突くような大きな構えである。

「できるかな」

源九郎は抜刀し、青眼に構えると、切っ先を馬淵にむけた。

「いくぞ！」

馬淵は足裏を摺るようにして間合をつめてきた。

源九郎は、すこし後じさった。間をとって、息を鎮めようとしたのである。

馬淵の寄り身が速くなった。源九郎の息が乱れている隙をついて、勝負をかけてきたのだ。

源九郎は足をとめた。すこし、息が収まってきた。気を鎮めて、馬淵の斬撃の起こりを読まねばならない。

……馬淵の斬り込みを受けてはならぬ。

と、源九郎は胸の内でつぶやいた。

馬淵の八相からの斬撃は強く、まともに受けると腰をくだかれる、と寺井戸から聞いていたのだ。

受けずにかわさねばならないが、かわすためには斬撃の気の起こりを読まねばならなかった。体の動きを見てからでは、遅いのである。

源九郎は気を鎮め、馬淵との間合と気の起こりを読んでいた。

ふいに、馬淵の寄り身がとまった。一足一刀の斬撃の間境の一歩手前である。

馬淵は全身に気勢を込め、斬撃の気配を見せた。気攻《きぜ》めである。

イヤアッ！

突如、馬淵が裂帛の気合を発し、一歩踏み込んだ。

次の瞬間、馬淵の全身に斬撃の気がはしった。

……くる！

察知した源九郎は、体を右手にひらいた。

刹那《せつな》、馬淵の全身が膨れ上がったように見え、閃光がはしった。

八相から袈裟へ——。

刃唸りをたて、長刀が源九郎を襲う。

刹那、源九郎は体を右手にかたむけながら、刀を横に払った。一瞬の反応である。

次の瞬間、馬淵の切っ先が、源九郎の着物の肩先を裂き、源九郎のそれが馬淵の脇腹を斬り裂いた。

ふたりは交差し、大きく間合をとって、ふたたび対峙した。源九郎は青眼に、馬淵は八相に構えている。

「相打ちか」

馬淵がくぐもった声で言った。

源九郎の肩と馬淵の脇腹に、血の色はなかった。着物を裂かれただけである。

……初手は、相打ちだな。

源九郎も、互角だとみた。次が勝負を決することになるだろう。

「次は仕留める」

馬淵が低い声で言って、間合をつめ始めた。

そのとき、岸際の土手を這い上がってくる音がし、寺井戸が姿をあらわした。

寺井戸は源九郎と立ち合っている馬淵を見ると、

「馬淵！　いくぞ」

と声をかけ、刀を手にして馬淵の左手に迫ってきた。

何ともひどい姿だった。元結いが切れてざんばら髪の上に、着物はずぶ濡れである。おまけに、葦のなかにつっ込んだときのひっ掻き傷が顔についていた。

それでも、寺井戸の全身に気勢が漲《みなぎ》っていた。顔が紅潮して赭黒《あかぐろ》く染まり、双《そう》眸《ぼう》が猛虎《もうこ》のように炯々《けいけい》とひかっている。

寺井戸は馬淵に近付くと、青眼に構えて切っ先をむけた。

「ふたりがかりか！」

馬淵の顔に動揺の色が浮いた。さすがに、源九郎と寺井戸が相手では、後れをとるとみたようだ。

馬淵は八相に構えたまま、すばやく後じさると、

「武藤《むとう》、引け！」

と叫んで、反転した。

そして、岸際をたどるように走り、一ツ目橋の方にむかった。

これを見た武藤と呼ばれた中背の武士も後じさり、菅井との間合があくと、反転して駆け出した。よろめいている。菅井に斬られた傷のせいらしい。

菅井は後を追わなかった。すでに、武藤に深手を負わせていたので、これ以上斬ることもないと思ったのである。

源九郎のそばに、菅井、寺井戸、茂次の三人が集まってきた。

「寺井戸どの、斬られたのか」

源九郎が、寺井戸の左肩の傷を見て言った。

「いや、かすり傷だ」

寺井戸は照れたような顔をして言ったが、まだ傷口から出血している。それも、すくなくないようだ。

「早く、手当てした方がいい。ともかく、長屋にもどろう」

源九郎が言うと、

「あっしが、東庵《とうあん》先生を呼んできやしょう」

そう言い残し、茂次が走りだした。

東庵は、相生町に住む町医者だった。はぐれ長屋のような貧乏長屋にも来てくれる。

第五章　御対面

一

「どうだ、傷の具合は」

源九郎が寺井戸に訊《き》いた。

菅井の家の座敷だった。源九郎と寺井戸の他に、菅井、茂次、それにおせんとおふくの姿があった。

寺井戸が馬淵たちに襲われ、傷を負って七日経っていた。傷を負った日のうちに、茂次が呼んできた東庵の手当を受けたこともあって、寺井戸の傷は順調に回復しているようだ。まだ、左肩から右腋にかけて晒《さらし》が巻いてあるが、出血もとまっているらしい。骨や筋に異常はなかったので、傷口さえ塞がれば刀をふるうこともできるだろう。

「だいぶ、よくなった。このとおりだ」

寺井戸は、ゆっくりと左肩をまわして見せた。

「寺井戸さま、無理をなさらないで」

おせんが心配そうな顔で言った。

すると、おせんの脇に座っていたおふくが、

「伯父上《おじうえ》、痛い?」

と、眉《まゆ》を寄せて訊いた。

「もう痛くないぞ。……傷は治った」

寺井戸が、おふくに目をやって笑みを浮かべた。

それから、しばらくして、おせんとおふくが自分たちの家にもどると、

「馬淵たちは、長屋を襲うつもりで探っていたのではないようだな」

と、源九郎が声をひそめて言った。

「華町、どういうことだ」

菅井が訊いた。

「佐野が捕えられ、景山は腕を斬られて闘えない。馬淵たちは遣い手を失い、長

屋を襲ってもわしらに返り討ちに遭《あ》うとみたのではないかな。そこで、わしらをひとりひとり別に襲い、戦力を奪ってから長屋に押し入る策をたてたのであろう」

「わしもそうみた」

寺井戸が顔をけわしくして言った。

「迂闊《うかつ》に、長屋から出られないわけか」

菅井が渋い顔をした。

「こちらから仕掛けて、馬淵たちを討つしかないな」

源九郎は、長屋に籠っているわけにはいかないと思った。

「依之助や目付筋の者が、馬淵たちが身をひそめている町宿《まちしゆく》を探っている。馬淵たちの居所をつかむのも、そう長くはかかるまい。……それにな、わしはおせんとふくを殿に会わせようと思っているのだ。……いつまでも、馬淵たちに勝手な真似をさせないためにもな。それに、裏で馬淵たちに指図している者も分かるかもしれん」

寺井戸によると、おせんとおふくが藩主の忠吉に会える機会を作るよう、松浦に頼んであるという。

「実は、それを頼みに藩邸に行こうとして、馬淵たちに襲われたのだ。……五日前、依之助と松浦どのがここに来たときに話しておいたから、近いうちに殿と会えるだろう」

「そうか」

寺井戸が馬淵たちに襲われた二日後、依之助と松浦が怪我の様子をみにきた。そのおり、寺井戸と長く話していたが、そのことだったらしい。

「そのとき、おれも連れていってくれないか。……い、いや、横沢藩の殿さまとどこで会うか知らんが、長屋を出た後、馬淵たちに狙われるのではないかと思ってな。……それに、おれに似ているという殿さまの顔を見てみたい。何しろ、おふくに、おれはお父上と呼ばれたのだからな」

菅井が照れたような顔をして言った
……菅井の本音は、藩主の顔を見たいだけだ。

と、源九郎は思ったが、何も言わなかった。

「菅井どのの言うとおりだ。殿にお会いする場所は藩邸ではなく、愛宕下界隈《かいわい》になると思うが、途中、馬淵たちに襲われる恐れはある。……どうかな、華町どのもいっしょに来てくれんか」

寺井戸が、源九郎に訊いた。

「わしも、いっしょに行こう」

源九郎の胸にも、藩主の忠吉がどんな男か見てみたい気があった。


それから、三日後、依之助と松浦が長屋に顔を見せた。

菅井の家で、寺井戸や源九郎たちと顔を合わせると、

「殿は、おせんさまとおふくさまに会われるそうだ」

と、松浦が切り出した。

松浦は、おふくさまと呼んだ。藩主の子という意識があるからだろう。

「それで、いつ」

「三日後、浜松町にある『吉浜《よしはま》』で——。むろん、殿はお忍びで来られる。供は、森安《もりやす》どのになるはずだ」

松浦によると、吉浜までは他にも供がつくはずだが、座敷に同席するのは森安だけだろうという。森安彦兵衛《ひこべえ》は老齢の側用人で、忠吉が藩主になったときから側近として仕え、奥向きも支配しているそうだ。

また、吉浜は江戸でも名の知れた料理屋の老舗《しにせ》で、忠吉が藩主になる前に出入

りしていた店だという。

「それで、警護のためもあって、華町どのと菅井どのにもいっしょに来て欲しいと頼んだのだがな」

寺井戸は、気を使って自分から頼んだように話した。

「願ってもないことです。われらも、警護をどうするか懸念していたのです。それに、おせんさまやおふくさまが、華町どのや菅井どのに世話になっていることは、お伝えしてありますので、殿も喜ばれると思います」

松浦が言った。

それから、源九郎たちは、おせんとおふくを愛宕下まで連れていく手筈を相談した。茂次の舟も考えたが、船頭としての茂次の腕はいまひとつ信用できなかったし、風雨の場合もあるので、徒歩で行くことにした。ただ、一挺だけ駕籠《かご》を使うことにした。おふくの足のこともあるし、どちらかひとり駕籠に乗れば、母子《おやこ》連れであることを隠すこともできるとみたのである。

ふたりの警護として、源九郎、菅井、寺井戸、松浦、依之助がつくことになった。それに、源九郎は茂次、孫六、三太郎、平太の四人も使うつもりでいた。斥《せっ》候《こう》として、浜松町に向かう道筋を先行して探るのである。

「前日は、われらふたりも長屋に泊めてもらいましょう」

松浦が言うと、依之助もうなずいた。

二

その日は、晴天だった。五ツ（午前八時）前、長屋の路地木戸の前に、源九郎たちが頼んでおいた駕籠が着いた。竪川沿いにある駕籠富《かごとみ》の辻駕籠で、ふたりの駕籠かきも信頼できる男だった。

長屋の住人の姿はなかった。目立たないように、源九郎がお熊やおまつに見送りに出ないよう頼んでおいたのである。

まず、おふくを駕籠に乗せた。武士体の男たちが、女児《おんなのこ》を連れて歩くと人目を引くのだ。それに、おせんは旅装束で菅笠を被《かぶ》っていたので顔を見られず、馬淵たちを欺くことができるだろう。

源九郎たちも、網代笠《あじろがさ》や菅笠をかぶって顔を隠していた。

「華町の旦那、路地木戸の近くに、うろんなやつはいませんぜ」

茂次が、源九郎のそばに来て伝えた。

茂次と三太郎が、早朝から路地木戸付近を見張っていた。孫六と平太は、竪川沿いの道に目を配っているはずである。

「行くぞ」

源九郎が、松浦や寺井戸たちに声をかけた。

源九郎と依之助が先にたち、駕籠の脇におせんと寺井戸がついた。駕籠のすぐ後に、菅井と松浦がつづいた。

菅井を駕籠の近くで警護させたのは、源九郎の考えだった。敵が物陰から飛び出してきておせんとおふくを狙っても、菅井の居合なら対応できるからである。

茂次たちは、源九郎たちより半町ほど先を歩いていた。馬淵たちがいないか、目を配りながら歩いている。

竪川沿いの道に出て、一ツ目橋の近くまで来ると、岸際で通りに目をやっていた孫六が、源九郎に身を寄せ、

「うろんなやつは、いやせん」

と、耳打ちした。

「平太は?」

「先回りしてまさァ」

「孫六は、わしといっしょに歩いてくれ」

源九郎は、前を行く茂次や三太郎に伝えることがあったら、孫六に頼もうと思ったのだ。

「へい」

孫六は源九郎について歩きだした。源九郎は羽織袴姿で二刀を帯び、御家人ふうの格好をしていた。孫六は、小者のように見えるだろう。

源九郎たちは大川にかかる両国橋を渡り、日本橋の町筋を通って東海道に出た。東海道を南に向かえば、浜松町に出られる。

日本橋通りは、賑わっていた。旅人の姿もあったが、供連れの武士、町娘、ぼてふり、風呂敷包みを背負った行商人、虚無僧《こむそう》……。様々な身分の老若男女が、絶え間なく行き交っている。

……こうした通りが、あぶない。

と、源九郎はみていた。

馬淵たち討っ手が、すぐ近くまで来ても気付かないだろう。それに、刀を抜いて立ち向かうのもむずかしい。

源九郎は周囲に目をくばりながら歩いたが、馬淵たちを見掛けることもなく、京橋まで来た。京橋を過ぎてしばらく歩くと、人通りがすくなくなり、旅人や駕籠、荷駄を引く馬子の姿などが目立つようになってきた。東海道らしいひとの流れである。

歩きながら寺井戸が、おふくに声をかけると、

「伯父上といっしょに歩く」

と、おふくが言い出した。おふくは駕籠より、寺井戸といっしょに歩いた方が楽しいのかもしれない。

おふくに替わって、おせんが駕籠に乗った。

寺井戸とおふくは、何やら話しながら歩いていく。知らない者が見たら、娘連《こづ》れの武士とみるのではあるまいか。もっとも、寺井戸が笠を取れば老齢と分かるので、孫娘と思うかもしれない。

やがて、源九郎たちは汐留橋を渡り、芝口一丁目に入った。しばらく歩くと、前方右手の町並の先に、増上寺の杜《もり》や堂塔が見えてきた。

「どうやら、馬淵たちに襲われずにすみそうだ」

源九郎はここまで来れば、おせんたちを襲うような場所はないだろうとみた。

それからいっときして、源九郎たちは吉浜の店先に着いた。吉浜は二階建てで、店先には梅や松の植木、つつじの植え込みなどがあり、籬《まがき》と石灯籠も配置し

てあった。老舗の料理屋らしく瀟洒《しょうしゃ》な感じのなかに落ち着いた雰囲気がある。

先行した茂次たちは、近くの一膳めし屋かそば屋にでも入って時を過ごすことになっていた。

源九郎たちが店に入ると、女将のお峰《みね》が出迎え、帳場の近くの座敷に案内した。そこは、控えの間のようになっていて、おせんとおふくは旅装束をあらためた。

お峰によると、忠吉たちと対面する座敷は二階だそうだが、まだ忠吉たちは店に来てないという。

「お殿さまは、じきに見えられると思いますよ」

お峰が笑みを浮かべて言った。畏《かしこ》まった様子は見られなかった。おそらく、松太郎という名で店に出入りしていたころの印象が残っているのだろう。

「それがしは、殿を出迎えます」

そう言い残し、松浦は座敷から出ていった。

おせんや源九郎たちが、吉浜に着いて、小半刻（三十分）ほど経ったろうか。玄関先から何人かの男と女の声が聞こえ、廊下をあわただしそうに歩く足音がした。

人声や足音がやんだ後、障子があいて、お峰が姿を見せた。

「お殿さまが、おいでになりました。みなさんも、お座敷へどうぞ」

お峰が、座敷にいる者たちに目をやって言った。

「わしらは、どうしたらいいな」

源九郎が訊いた。

「ごいっしょにどうぞ。……お殿さまは、ごいっしょされるようおっしゃっていましたから」

「では、行ってみるか」

源九郎が菅井に顔をむけて言った。

菅井は緊張した面持ちでうなずいた。気にしているらしい。藩主と目通りすることもあるのだろうが、菅井は自分と似た殿さまと会うことを意識しているようだ。

三

座敷の正面に藩主の忠吉が座し、右脇には初老の武士が控えていた。初老の武士は、森安であろう。

忠吉は、羽織袴姿だった。意識して、くつろいだ格好をしてきたらしい。

ふたりの両側に縦に居並ぶように座が用意され、右手に忠吉を出迎えた松浦が座していた。

おせんと、おふくは左手に腰を下ろしたが、おふくは母親のおせんに張り付くように身を寄せ、落ち着かない様子で目をキョロキョロさせている。

「ふく、元気そうだな」

忠吉が笑みを浮かべて声をかけると、

「お父上だ！」

と、おふくが声を上げ、腰を浮かせたが、すぐに腰を下ろした。おふくと触れ合っていたときの忠吉とちがう雰囲気があったからであろう。

「おせん、苦労をかけたな」

忠吉が、労《ねぎら》うように声をかけた。

「ま、松太郎さま……」

おせんは、涙声でまだ若君だったころの名を口にした。思わず、口から出てしまったようだ。

「おせんどの、殿であられるぞ」

森安が小声で言った。

「よい、今日は松太郎だ。おれも、おせん、と呼ぶぞ」

忠吉が、目を細めて言った。

「は、はい……」

おせんの目に、涙が浮いている。

忠吉は、源九郎と菅井に目をやり、

「ふたりは、おせんとふくの命を助けてくれたそうだな」

と、声をかけた。

「華町源九郎に、ございます」

源九郎が低頭しながら言った。御家人の隠居とも牢人とも口にしなかった。すでに、松浦から源九郎たちのことは話してあるはずである。

「菅井紋太夫です」

菅井も、忠吉に低頭した。

「あらためて、礼を言うぞ」

忠吉が、ちいさくうなずきながら言った。

菅井は忠吉の顔を見つめていた。

……おれに、似てるかな。

菅井は、あまり似てないような気がした。面長で目の細いところは似ていたが、忠吉の方が目鼻立ちがととのっているような気がした。それに、忠吉自身、菅井の顔を見ても、何も口にしなかった。似ているとは、思わなかったにちがいない。

……おれとちがって、品があるな。

菅井は胸の内でつぶやいた。居合抜きの大道芸人と大名を比べるのは無理がある、とも思った。

菅井は忠吉が脇に控えている森安と何か言葉を交わしているのを見て、

「おれと似てないな」

と、源九郎に小声で言った。

「その話は後にしろ、後に」

源九郎が慌てて言った。いまは、そんなことを話しているときではないと思ったらしい。

そのとき、寺井戸が忠吉の方に膝先をむけ、

「おりいって、殿のお耳に入れておきたいことがございます」

と、声をあらためて言った。

「なんだ」

「米倉藩から、おせんどののことで、何か話がございましたでしょうか」

「そう言えば、四、五日前、義父上《ちちうえ》の近江守さまから、萩乃を頼むとの話があったな」

米倉藩主、安藤近江守紀喬は忠吉の外舅《しゅうと》である。

「その米倉藩士のなかに、おせんどのたちの命を狙っている者がおります」

寺井戸がはっきりと言った。

「なに、米倉藩の者だと！」

忠吉が驚いたような顔をした。

「はい、長屋に押し入った者のなかに米倉藩士がおりました」

「うむ……」

忠吉が顔を厳しくした。

「しかも、御留守居役の津川さまが、くわわっているようでございます」

寺井戸が、おせんとおふくの命を狙う一味の密談の場に、津川がくわわっていたことを言い添えた。

「……萩乃から、米倉藩に何か話があったかな」

忠吉の顔が、苦悶《くもん》するようにゆがんだ。

「殿、このようなことをお訊きするのは、畏《おそ》れ多いのでございますが、萩乃さまに、おせんどののことをお話しなされたのでございますか」

寺井戸が訊いた。

「いずれ、萩乃の耳にも入ると思って、輿入《こしい》れして間もなく話したが……。だが、萩乃もそれほど気にした様子はなかったぞ。……心の内までは分からぬが」

「萩乃さまのことで、ちかごろ、何か変わったことはございますか」

さらに、寺井戸が訊いた。

脇に控えている森安は、渋い顔をしていたが黙っていた。隠居の身の寺井戸が、口にするようなことではないと思っているようだ。

ただ、寺井戸は忠吉の若いころから側に長く仕えており、心が通っていたからこそ言えたのである。

「そう言えば、あったな。いや、おれから、おせんとふくを屋敷内に呼びたいと話したことがあったのだ。そのとき、萩乃が色をなして、それだけは、やめてくれと訴えたのだ。その話は、うやむやなまま終わったが……」

忠吉がそう言って、おせんに目をむけた。

すると、黙って話を聞いていたおせんが、

「お殿さま、せんもふくも、お屋敷に入ることは望んでおりません。……静かに、身分相応の暮らしをしたいのです」

おせんが涙ながらに訴えた。おせんは、お殿さま、と呼んだ。自分とは身分がちがうことを訴えたかったのであろう。

「おせんの気持ちは分かっているが、ときどき、おせんとふくの顔を見たくなってな。そばに、いればと思ったのだが……」

忠吉が寂しげな顔で、苦笑いを浮かべた。

次に口をひらくことがなく、座敷が重苦しい沈黙につつまれたとき、

「ふくも、お父上の顔が見たい！」

と、おふくが声を上げた。

「そうか、そうか……。だが、いっしょに住まわずとも、顔を見ることはできるぞ。こうやって、おれが出かけてくれればいい」

忠吉が表情をやわらげ、つぶやくような声で言った。

すると、松浦が、

「殿、そのためにも、おふたりのお命は守らねば――」

と、身を乗り出すようにして言った。

座敷にいる者たちの目が、いっせいに松浦に集まった。

「おふたりに刀をむける者たちを、このままにしておけません」

さらに、松浦が言った。

「うむ……」

「場合によっては、米倉藩の者を斬ることになりますが」

「仕方あるまい。……そやつらは、おれの子と知った上でふくを狙っているのだ。何者であれ、赦《ゆる》すことはできん」

忠吉が強いひびきのある声で言った。

そのとき、森安が、

「だが、表沙汰にならぬようにやれよ。……米倉藩主の近江守さまは、殿の外舅どのであられる」

と、静かな声で言い添えた。

「心得ました」

松浦が低頭した。

それから、馬淵や配下の徒士《かち》の話も出たが、すでに忠吉の耳に入っているらしく、そちたちに任せる、と言っただけで、忠吉はあまり口をひらかなかった。

話がひととおりすんだところで、店の者に指示して酒肴《しゆこう》の膳を運ばせた。

おせんがおふくとともに座を外したいと口にすると、

「おせん、いいではないか。久し振りで、親子三人、いっしょにめしを食おう」

忠吉が、くだけた口調で言った。

四

源九郎たちが愛宕下に出向いた三日後、松浦と依之助が、はぐれ長屋に姿を見せた。

菅井の家で源九郎たちと顔を合わせた依之助が、

「馬淵たちの居所が知れました」

と、すぐに言った。

「知れたか。それで、馬淵たちはどこに身をひそめていたのだ」

源九郎が訊いた。

「芝田町《しばたまち》の借家です」

依之助によると、借家があるのは芝田町三丁目で薩摩《さつま》藩の蔵屋敷の西方だという。東海道から、右手に入って路地沿いに二棟の借家があり、そこに馬淵と景山、それに二、三人の米倉藩士がいるらしいという。

「その借家は、米倉藩の町宿なのか」

寺井戸が訊いた。

「そうです」

依之助によると、目付たちが交替で借家を見張っているという。

「すぐに、手を打とう」

菅井が意気込んで言った。

「早い方がいいな」

源九郎も、早く仕掛けた方がいいと思った。

「われらの手勢は、どれほどにしますか」

松浦が座敷に集まっている男たちに目をやって訊いた。

「相手は、馬淵と景山、それに二、三人の米倉藩士だな」

源九郎が念を押すように訊いた。

「いかさま」

「それなら、ここにいる者だけで何とかなるぞ」

菅井が言った。

座敷に集まっているのは、源九郎、菅井、寺井戸、依之助、それに松浦だった。

「おれたちが後れをとることはあるまいが、逃げられるぞ」

五対五である。相手が逃げ出せば、討ちとれるのは二、三人ではあるまいか。

源九郎がそのことを話すと、

「手勢を増やしましょう」

と、松浦が言った。

「何人ほど？」

「家中から腕のたつ者を選んで、五、六人——」

「それだけいれば、何とかなるな」

「それで、やるのはいつ」

寺井戸が訊いた。

「早い方がいいが、そちらの都合もあろう」

家中から腕のたつ者を集めるにしても、馬淵たちに知れないようにやらねばならない。そのためには、何日か必要であろう。

「三日も、あれば」

松浦が答えた。

「ならば、四日後の夕暮れ時はどうだ」

源九郎は、夕暮れ時なら、馬淵たちのなかで日中出かけている者がいても、借家にもどるのではないかとみたのだ。それに、大きな騒ぎにならずにすむはずである。

「では、四日後に――」

それから、源九郎たちはこまかい手筈を相談した。

源九郎は松浦と依之助を送り出した後、

「寺井戸どの、傷はどうだ」

と、訊いた。晒は取れているようだが、念のために訊いてみたのである。

「このとおりだ」

寺井戸は、左肩をまわして見せた。

翌朝、源九郎たちは、茂次の漕ぐ舟で芝田町にむかった。念のために、馬淵たちがひそんでいる借家を確かめておこうと思ったのである。

舟には、源九郎、孫六、それに茂次の三人が乗った。寺井戸と菅井は、馬淵たちが長屋を襲う恐れもあったので、残ってもらったのである。

風のない静かな日だが、曇っていた。ただ、薄雲なので雨の心配はなさそうである。

源九郎たちは、竪川の桟橋から舟に乗り、大川へ出て水押《みよし》を下流にむけた。江戸湊に出ると、陸際の波の静かな場所をたどり、増上寺を右手に見ながら、水押を入間川《いりあいがわ》にむけた。

入間川を遡《さかのぼ》ると、すぐに芝橋が見えてきた。

「橋の近くの船寄《ふなよせ》に着けやすぜ」

艫《とも》に立っている茂次が声をかけ、水押を左手にむけた。

左手の岸際にある船寄に、三艘の小舟が舫《もや》ってあった。近くの漁師の使う舟かもしれない。

茂次は船寄に船縁《ふなべり》を着けると、

「下りてくだせえ」

と、声をかけた。

源九郎と孫六は、すぐに舟から下りた。源九郎は持参した網代笠をかぶった。どこで、馬淵たちに目撃されるかわからないので、顔を隠したのである。

「旦那、こっちですぜ」

孫六が先に立って、川沿いの道に出る土手の小径を上った。川沿いの道を半町ほど歩くと、東海道に出た。左手に折れて、南にむかえば芝田町へ出られる。

左手に砂浜がつづき、その先には江戸湊の青い海原がひろがっていた。波間に漁師の舟が、木の葉のように浮かんでいる。沖合を、白い帆を張った大型廻船が品川沖にむかってゆっくりと航行していく。

「いい眺めだ」

茂次が海原に目をやりながら言った。

「茂次、おれたちは、遊山《ゆさん》に来たんじゃァねえぜ」

孫六が窘《たしな》めるように言った。

「そうだったな」

茂次は首をすくめた。

やがて、源九郎たちは薩摩藩の蔵屋敷の前を通り過ぎ、芝田町三丁目に入った。

「この辺りに、笠屋があるはずだが」

源九郎が、街道沿いの店に目をやりながら言った。依之助から、馬淵たちが身をひそめている借家は、笠屋の脇の路地を二町ほど歩いた先にあると聞いていたのだ。

「旦那、あそこに、笠屋がありやすぜ」

孫六が前方を指差して言った。

見ると、街道の左手に笠屋があった。店先に、菅笠、網代笠、八ツ折り笠などが下がっている。旅人相手の店らしく、店先に草鞋《わらじ》が吊してあり、「合羽処《かっぱどころ》」と書かれた看板も出ていた。

「あそこだな」

笠屋の脇に、路地があった。

路地に入ってすこし歩くと、すぐに店はとぎれ、空き地や笹藪《ささやぶ》など目立つようになってきた。寂しい地で、人影はほとんどない。

「あれだな」

源九郎は、路地の先に借家らしい仕舞屋《しもたや》があるのを目にとめた。二軒ある。家の脇から裏手にかけて、低い板塀でかこってあった。

「近付いてみるか」

源九郎たちは、三人とすこし離れて歩くことにした。三人いっしょに歩いていると、馬淵たちに見咎《みとが》められるかもしれない。

茂次が先にたった。すこし間をおいて源九郎が歩き、しんがりは孫六だった。

源九郎は仕舞屋の前まで行くと、すこし歩調を緩め、聞き耳を立てながら歩いた。手前の家のなかからくぐもった声が聞こえた。何か話しているらしい。言葉遣いから武士であることは知れたが、話の内容までは聞き取れなかった。

次の家からは、物音が聞こえた。障子をあけしめする音である。だれか、家のなかにいることは分かったが、男か女なのかも分からなかった。

源九郎は、借家の前から一町ほど歩いて足をとめた。そこに、茂次が待っていたのである。すぐに、孫六も近付いてきた。

源九郎は、茂次と孫六に何か聞き取れたか訊くと、やはり話し声と物音が聞こえたと答えた。やはり、武士が住んでいるらしいことが分かっただけで、何人住んでいるかも分からなかった。

源九郎は来た道をもどりながら、二軒の家のまわりに目をやった。馬淵たちの逃げ道や闘いの場を見ておきたかったのである。

家の裏手にも板塀がめぐらせてあったので、裏手から逃げるのは、むずかしそうだった。背戸があったとしても、家の脇から表の路地に出るしかないだろう。

闘いの場も見ておいた。路地は狭かったが、家の両脇の空き地は使えそうだった。雑草におおわれていたが、足を取られそうな蔓草《つるくさ》や丈の高い草はなかった。

源九郎たちは、路地を引き返して東海道に出た。

念のために、笠屋に立ち寄って店の親爺に二軒の借家の住人のことを訊いてみた。

「あそこには、お大名のご家来の方が住んでますよ」

親爺は、米倉藩士が暮らしていることは知っていたが、馬淵がいるかどうか分からなかった。

「邪魔したな」

源九郎は、親爺に礼を言って店から離れた。

五

「橋のたもとに、松浦どのが」

寺井戸が、芝橋を指差して言った。

芝橋のたもとに、松浦の姿があった。近くに、藩士らしい武士が四人立っていた。いずれも、横沢藩士らしい。

今日は、馬淵たちが身を隠している二軒の借家を襲う日だった。源九郎、菅井、寺井戸、茂次、孫六の五人は、竪川の桟橋から舟でここまで来たのである。松浦たちと、芝橋のたもとで待ち合わせることになっていたのだ。

七ツ半（午後五時）ごろであろうか。陽は西の家並の向こうに沈みかけていたが、東海道は人影が多かった。旅人、馬子、旅装の武士、駕籠などが、行き交っている。

「馬淵は、隠れ家にいるかな」

源九郎が訊いた。

「いるはずです」

松浦によると、今日の午後から、依之助がふたりの目付とともに芝田町に出かけ、馬淵たちの住む借家を見張っているという。

「わしらも、まいろうか」

源九郎が言った。

源九郎たちは東海道を南にむかった。笠屋の脇の路地を入ってすぐ、井川《いがわ》という横沢藩士が待っていた。

「井川、どうだ、様子は」

すぐに、松浦が訊いた。

「馬淵たちは借家にいるようです」

井川によると、二軒の家から話し声が聞こえたという。

「人数は分かるか」

「はっきりしませんが、五、六人いるのでは……」

「五、六人か」

「それに、半刻（一時間）ほど前、遊び人ふうの町人がひとり、手前の家に入りました」

井川が言った。

「猪七かもしれんな」

源九郎は、与之吉が話していた猪七ではないかと思った。猪七は、馬淵たちのつなぎ役をしていると聞いていた。それに、茂次が目撃した長屋の路地木戸近くから寺井戸の跡を尾《つ》けた町人も、猪七ではないかとみていた。

源九郎は、猪七を捕えて訊問《じんもん》すれば、馬淵と米倉藩のかかわりが分かるのではないかと思った。

「そろそろだな」

源九郎が西の空に目をやって言った。

陽は沈み、西の空は茜色《あかねいろ》に染まっていた。路地沿いの家の軒下や笹藪の陰などに、淡い夕闇が忍び寄っている。

「まいろう」

寺井戸が言った。

一町ほど歩くと、路地沿いの笹藪の陰で、依之助と青山《あおやま》という目付が待っていた。そこから、馬淵たちのいる借家を見張っていたらしい。

「どうだ、変わりないか」

寺井戸が訊いた。

「変わりありません」

依之助によると、一刻（二時間）ほど前、ふたりの武士が二棟並んでいるうちの奥の家から出たが、半刻（一時間）ほどして、貧乏徳利を提げてもどったという。

「酒を飲んでるかもしれんな」

寺井戸が言った。

「二手に分かれよう」

源九郎が言い、その場で二手に分かれ、それぞれの家に同時に踏み込むことにした。手前の家に踏み込むのは、源九郎、寺井戸、依之助、さらに目付がふたりくわわることになった。奥の家には、菅井、松浦、それに目付が四人である。ただ、腕のたつ馬淵がどちらの家にいるかで、状況は変わるだろう。

「できるだけ、外に連れ出した方がいい。家のなかだと、思わぬ不覚をとることがあるからな」

寺井戸が、依之助や目付たちに言った。

「承知！」

依之助が、昂《たかぶ》った声で言った。

目付たちの顔がこわ張っていた。いずれも緊張した面持ちである。目が異様にひかり、体がかすかに顫《ふる》えている者もいる。腕のたつ者を集めたということだが、真剣勝負は初めてなのだろう。

「まいろう」

源九郎と寺井戸が先にたち、菅井や松浦たちがつづいた。

茂次と孫六は、その場に残った。家から逃げ出す者がいれば、跡を尾けて行き先をつきとめる手筈になっていた。

路地は、淡い夕闇につつまれていた。辺りに人影はなく、ひっそりとしている。源九郎たちは、足音を忍ばせて二軒の借家に近付いた。

源九郎や菅井たちは、手前の家の前で二手に分かれた。源九郎たちは忍び足で手前の家の戸口に身を寄せた。菅井たちは、奥の家の戸口に近付いていく。戸口の引き戸の隙間から、淡い灯《ひ》が洩《も》れていた。家のなかで、行灯《あんどん》か燭台が点《とも》っているらしい。

源九郎が戸口に身を寄せると、男のくぐもったような声が聞こえた。だれが話しているか分からなかったが、何人かの談笑の声らしい。酒を飲んでいるのであろう。胴間声《どうまごえ》や含み笑いなどが聞き取れた。

寺井戸が抜刀した。これを見た依之助とふたりの目付も刀を抜いた。息をつめて、目の前の板戸を見つめている。

夕闇のなかで、四人の刀身が銀色《しろがねいろ》にひかっている。

「あけるぞ」

源九郎が声を殺して言い、戸口の板戸を引いた。

板戸は重い音をひびかせてあいた。狭い土間があり、その先が座敷になっていた。座敷に、何人かの人影があった。座敷の隅に置かれた行灯が、男たちの姿を浮かび上がらせている。

六

「何者だ!」

大柄な武士が誰何《すいか》した。

馬淵である。すばやく腰を上げ、傍らに置いてあった刀をつかんだ。

「寺井戸だ。馬淵、観念しろ!」

寺井戸が声を上げた。

源九郎につづいて寺井戸と依之助が踏み込み、ふたりの目付は戸口をかためた。

座敷には、四人いた。車座になって、貧乏徳利の酒を飲んでいる。

四人のなかに、ひとり町人がいた。猪七らしい。猪七は、懐に右手をつっ込んで、匕首《あいくち》を取り出した。他のふたりの武士も立ち上がり、脇に置いてあった刀をつかんだ。ひとりは、景山である。景山は左腕をだらりと垂らしていた。菅井に斬られた左腕は、まだ使えないらしい。

もうひとりの武士は、知らない顔だった。米倉藩士らしい。武士は顔をこわばらせ、身を顫わせていた。

「おのれ！」

景山が目をつり上げ、左腋に刀の鞘《さや》を挟んで抜いた。片手で立ち向かうつもりらしい。

「ここで、やるか」

馬淵も長刀を抜き放った。

「ここは、狭い。表に出ろ」

源九郎が声をかけた。

狭い家のなかで斬り合いになったら、味方からも犠牲者が出るとみたのである。

「いいだろう」

馬淵は手にした刀を抜くと、鞘を足元に落とした。ゆっくりとした動きで、戸口に近付いてくる。

すると、景山も右手に刀を持ったまま馬淵につづいた。もうひとりの武士と猪七も外に出るつもりらしく、身構えたまま摺《す》り足で戸口に近付いてきた。逃げようにも、表から外に出るしかないようだ。

源九郎は、馬淵に体をむけたまま敷居をまたいだ。つづいて、寺井戸と依之助も外に出た。

戸口にいたふたりの目付もくわわり、源九郎たち五人は、戸口を取りかこむように立った。

戸口近くに、馬淵、景山、猪七、それに米倉藩士がかたまり、源九郎たちを見すえている。

人数は五対四だった。それほどちがわないが、源九郎たちが優勢だった。馬淵たちのなかで、景山は片腕が使えないし、猪七の武器は匕首である。源九郎たちとまともに闘えるのは、馬淵と米倉藩士だけだろう。

そのとき、武士たちの脇にいた猪七が、いきなり路地の方に走りだした。逃げようとしたらしい。

ひとりの目付が、慌てた様子で猪七の前に走った。

「逃がさぬ！」

源九郎も、走った。猪七は逃がすわけにはいかなかった。捕えて訊問したかったのである。

目付が猪七の前に立ちふさがった。

「ちくしょう！」

叫びざま、猪七が手にした匕首で目付に飛びかかろうとした。

そこへ、猪七の脇に駆け寄った源九郎が、刀身を峰に返しざま横一文字に払った。一瞬の太刀捌《たちさば》きである。

ドスッ、というにぶい音がし、猪七の上体が前にかしいでよろめいた。源九郎の峰打ちが、猪七の腹をとらえたのだ。

猪七は喉のつまったような呻《うめ》き声を上げ、手にした匕首を落とし、その場にうずくまった。

「この男を押さえてくれ」

源九郎は目付に声をかけて反転した。寺井戸と馬淵の闘いが、気になったのである。

家の脇の空き地で、寺井戸と馬淵は対峙《たいじ》していた。寺井戸が空き地に誘いこんだのであろう。

馬淵の左手に、もうひとりの目付がまわり込んでいた。青眼に構えた切っ先を馬淵にむけている。ただ、間合は遠く、斬り込んでいく気配がなかった。寺井戸と馬淵の闘いに手出しできないのだろう。

寺井戸と馬淵は、四間ほどの間合をとっていた。馬淵は刀身を高くとる八相に構え、寺井戸は青眼にとり、切っ先を馬淵の左拳につけている。

ふたりは動かなかった。全身に気勢を込めて、気で攻め合っていた。ふたりの刀身が、夕闇のなかで銀蛇《ぎんだ》のようにひかっている。

源九郎は、借家の周囲に目をやった。戸口近くで、景山が路地にへたり込んでいた。依之助が、切っ先を景山の喉元にむけている。景山は右手だけで依之助に立ち向かい、後れをとったのだろう。

ひとり、路地のなかほどに倒れている男がいた。馬淵たちといっしょにいた米倉藩士らしい。その脇に目付がふたり立って、倒れている男に目をやっていた。目付たちが、斬ったようだ。

隣の借家の前でも、闘いが始まっていた。

菅井や松浦たちが戸口のまわりに集まり、ふたりの武士を取りかこんでいた。

ふたりは、米倉藩士らしい。

菅井はまだ抜刀していなかった。腰を居合腰に沈め、抜刀体勢をとっている。

……菅井たちが後れをとることはない。

とみた源九郎は、すぐに馬淵のそばに走った。

ザザッ、と源九郎の足元で、雑草を分ける音がした。その音に馬淵の視線が流れ、気勢が薄れた。

この一瞬の隙を、寺井戸がとらえた。

イヤアッ！

裂帛《れっぱく》の気合を発して、踏み込んだ。

突き込むように、左籠手へ——。八相に構えて高くとっていた馬淵の左手を狙ったのである。

オリヤアッ！

間髪をいれず、馬淵が八相から袈裟《けさ》に斬り込んだ。長刀が唸《うな》りを上げて、寺井戸の肩口を襲う。

一瞬の攻防だった。

寺井戸の切っ先は馬淵の左手の甲をとらえ、馬淵の刀身は寺井戸の肩先をかすめて空を切った。馬淵が一瞬気をそらせたために、斬撃が遅れたのである。

次の瞬間、ふたりは交差し、大きく間合をとってから反転した。

寺井戸は青眼に構え、馬淵はふたたび高い八相に構えた。

馬淵の左手の甲から流れ出た血が、赤い筋を引いて胸元に落ち、着物の襟と胸板を赤く染めている。

「お、おのれ！」

馬淵の顔が、憤怒に赭黒《あかぐろ》く染まった。目をつり上げ、歯を剝《む》き出している。

馬淵の八相に構えた刀身が、小刻みに震えていた。左手の甲の傷と激情で力み、腕が震えているのだ。

源九郎は馬淵から四間半ほどの間合をとり、青眼に構えて切っ先を馬淵にむけたが、斬り込むつもりはなかった。

……寺井戸は勝てる。

と、源九郎はみたのである。

馬淵は手の甲を斬られたことで、平常心を失っていた。それに、力みで体が硬くなっている。心の乱れは読みを狂わせ、体の力みは一瞬の反応をにぶくするのだ。

「まいる！」

寺井戸が、爪先で雑草を分けるようにして間合をつめ始めた。

顔の表情は静かだが、双眸《そうぼう》が青白く底びかりしている。全身に気魄《きはく》が漲《みなぎ》り、斬撃の気が高まっていた。

馬淵は動かなかった。大きな八相に構えたまま巨熊のようにつっ立っている。その刀身が小刻みに震え、青白い光芒《こうぼう》のように見えた。

辺りは、静寂につつまれていた。ザッ、ザッ、と寺井戸の足元で、雑草を分ける音だけが聞こえた。

ふいに、雑草を分ける音がとまった。寺井戸が寄り身をとめたのだ。一足一刀の間境の一歩手前である。

寺井戸の全身に、斬撃の気が漲っている。いまにも斬り込んでいきそうだが、一歩踏み込んでも切っ先のとどかない遠間《とおま》だった。

ヤアッ！

寺井戸が鋭い気合を発し、半歩踏み出しながら青眼に構えた刀を馬淵の左拳にむかって突き出した。左籠手を斬るとみせた誘いである。

と、馬淵の全身に斬撃の気がはしり、大柄な体がさらに膨れ上がったように見えた。

次の瞬間、馬淵が裂帛の気合とともに、斬り込んできた。

八相から袈裟へ——。

唸りを上げて馬淵の切っ先が、寺井戸の肩先を襲う。

が、寺井戸はわずかに身を引いただけで、馬淵の切っ先をかわした。

切っ先は、寺井戸の胸から一寸ほどの間をおいて、空を切って流れた。

一寸の見切りである。寺井戸は、馬淵が踏み込んでも切っ先のとどかない遠間から仕掛け、馬淵の斬撃をかわしたのである。

タアッ！

次の瞬間、寺井戸は短い気合とともに、刀身を横に払った。一瞬の鋭い斬撃だった。馬淵の右袖が横に裂け、右腕が叢《くさむら》に落ちた。

グワッ！　獣の咆哮《ほうこう》のような叫び声を上げ、馬淵が身をのけぞらせた。截断《せつだん》された右腕から、血が赤い帯のように流れ出た。

馬淵は、血を撒《ま》き散らしながらよろめいた。刀を取り落とし、左手で右腕の切り口辺りを押さえた。その指の間から、タラタラと血が流れ落ちている。

その馬淵の前に寺井戸が立ち、喉元に切っ先を突き付けた。

「き、斬れ！」

馬淵が叫んだ。

「斬らぬ。おぬしには、訊きたいことがあるのでな」

寺井戸が、馬淵に切っ先をつきつけたまま言った。

「馬淵の傷はどうする」

源九郎が訊いた。

馬淵は右腕からの出血で、血塗《ちまみ》れだった。傷口を押さえている左手も、赤く染まっている。馬淵の出血をとめねば、長くは持たないとみたのである。

「いったん、家にもどろう」

寺井戸が言った。

このとき、菅井たちの闘いも終わっていた。別の家にいたのは、ふたりの米倉藩士だった。菅井が居合でひとりを仕留め、もうひとりは松浦たちが捕えた。米倉藩士は深手を負い、刀を取り落としたところを目付たちが、取り押さえたのである。

菅井たちは捕えた米倉藩士を連れて、源九郎たちの方へ近付いてきた。

辺りは、夜陰につつまれていた。頭上で、十六夜《いざよい》の月が皓々《こうこう》とかがやいている。

近くに水堀でもあるのか、空き地の叢を何匹かの蛍が飛んでいた。夜陰のなかに、青白いひかりの糸を引いて明滅している。

第六章　黒　幕

一

行灯《あんどん》の灯《ひ》に、馬淵の苦痛にゆがんだ顔が浮かび上がっていた。小袖の右袖や胸の辺りが、どっぷりと血を吸い、赭黒《あかぐろ》く染まっている。裂けた袖の端からは、ぽたぽたと血が滴り落ちていた。

「とにかく、血をとめねばな」

源九郎は馬淵の右袖を切り取ってから、手ぬぐいを出し、寺井戸にも手伝ってもらって右腕の付け根近くを強く縛った。

馬淵は獣の唸《うな》るような声を洩《も》らすだけで、何も言わなかった。源九郎たちのなすがままになっている。

「これでいい」

出血は、だいぶすくなくなった。それでも、腕を縛った手ぬぐいが見る間に血に染まってきた。

源九郎たちがいるのは、馬淵たちが隠れ家にしていた借家だった。戸口近くの座敷に、源九郎、寺井戸、松浦、それに捕えた馬淵と猪七がいた。猪七は後ろ手にしばられ、部屋の隅でへたり込んでいた。苦痛に顔をしかめている。源九郎に峰打ちで強打され、肋骨《あばらぼね》でも折れたのかもしれない。

奥の座敷からも男たちの声と、呻《うめ》き声が聞こえた。依之助と目付たちが、捕えた米倉藩士を訊問《じんもん》しているのである。

依之助たちにとって、捕えたのは他藩の藩士だった。目付とはいえ、他藩の者を勝手に吟味することはできないが、脱藩した牢人とみなしたのである。米倉藩も、文句は言えないはずだ。捕えた者は屋敷を出ている馬淵とともに行動し、おふくを横沢藩主の子と知っての上で母子《おやこ》の命を狙ったのである。

「馬淵、おぬしほどの腕がありながら、なぜ、このような無謀な真似をしたのだ」

寺井戸が、静かな声で訊《き》いた。

源九郎は寺井戸の脇に立って口をつぐんでいた。ここは、寺井戸にまかせようとしたのである。

「……………」

馬淵は無言だった。苦しげに顔をゆがめているだけである。

「おぬしが、身につけた一刀流が泣くぞ」

「……これでは、一刀流も遣えん」

馬淵が吐き捨てるように言ったが、その声には悲痛なひびきがあった。右腕を失い、刀をふるうこともできなくなったのである。

「馬淵、だれの指図で動いていたのだ」

さらに、寺井戸が訊いた。

「さあな」

「御留守居役の富山さまか」

寺井戸は富山の名を出した。確信があったわけではないらしい。此度《こたび》の事件にかかわり、馬淵に指図できる者として、寺井戸には富山ぐらいしか思い浮かばなかったのだろう。

「よく知っているな」

馬淵が驚いたような顔をした。

「おぬし、なぜ、富山さまの指図で動いた。御頭《おかしら》なら分かるが、富山さまは御留守居役だぞ」

徒組《かちぐみ》の小頭を支配しているのは、徒士頭《かち》である。江戸にも徒士頭がひとりいて、馬淵はその支配下にいたはずである。

「おれは、剣を生かしたかったのだ。徒組の小頭では、稽古もままならぬ。家禄もわずか五十石だ」

馬淵が不服そうな表情を浮かべたが、すぐに苦痛に顔をゆがめた。腕の痛みのせいらしい。

「御留守居役に従えば、剣が生かせるのか」

寺井戸が訊いた。

「生かせるはずだ。それに、百石はいただけるという話だった」

「百石だと」

寺井戸が聞き返した。

「剣術指南役に推挙してくれることになっていたのだ」

「米倉藩のか！」

思わず、寺井戸が声を上げた。

脇に立っている松浦も、驚いたような顔をして馬淵を見つめている。

「そうだ」

「だれが、そのようなことを？」

八万石の米倉藩の剣術指南役となれば、大変な出世である。

「御留守居役さまだ」

「わが藩の御留守居役か、それとも米倉藩か」

寺井戸が声を大きくして訊いた。

「おふたりだ」

馬淵によると、横沢藩の富山から、「会ってもらいたい方がいる」と言われ、料理屋の辰巳屋に出かけたという。その酒席で、米倉藩の津川に会い、「おぬしのような剣の遣い手を徒組の小頭にしておくのは惜しい。剣術指南役として、わが藩で奉公する気はないか」と誘われたそうだ。

「おれは、すぐに承知した。その後、米倉藩の者といっしょに動くようになったのだ」

当初、馬淵は小頭の任務につきながら、米倉藩士と行動をともにしていたという。おせんとおふくの命を狙うというより、馬淵にはふたりの身を守っている寺井戸たちを斬ってほしいという要望だったそうだ。

「すると、おせんどのとふくが、どのような方か、知らずに命を狙っていたのか」

寺井戸が訊いた。

「当初はな。だが、富山さまや津川さまの話を聞いているうちに、おふくが殿のお子であることは分かった。しかし、もう引き返しようがないし、ふたりを斬ることは、横沢藩にとっても、悪い話ではないように思えてきたのだ。……ふたりがいなければ、騒動の芽を摘めるではないか」

馬淵の声には、なげやりなひびきがあった。右手を失ったいま、どうでもいいという思いがあるのかもしれない。

「騒動を起こそうとしているのは、米倉藩の者ではないか。……なぜ、他藩の者が、わが藩に首を突っ込み、殿のお子まで亡き者にしようとするのだ」

寺井戸の声に、怒りのひびきがくわわった。

「くわしいことは知らぬが、富山さまから米倉藩の津川さまに話があったそうだ。ふたりは、萩乃さまの輿入れを勧めたこともあって、昵懇《じっこん》にされていたからな」

「富山さまから津川さまに、おせんどのとふくを亡き者にするようにとの話があったというのか」

寺井戸は腑に落ちないような顔をした。

「萩乃さまが、富山さまに話されたようだ」

「萩乃さまが！」

寺井戸が声を大きくした。

そう言えば、藩主の忠吉がおせんとおふくを藩邸に迎えたいという話をしたおり、萩乃が強く反対したと口にしていた。萩乃が、ふたりさえいなければと思い、ひそかに津川と昵懇にしている富山に話したとしても不思議はない。

「そういうことか」

寺井戸が納得したようにうなずいた。

源九郎は寺井戸と馬淵のやりとりを黙って聞いていたが、

「わしには、腑に落ちないことがあるのだがな」

と、口をはさんだ。

富山は、なぜ馬淵まで味方に引き入れ、津川と謀《はか》っておせんとおふくを殺そうとしたのか。おふくは、忠吉が藩主になる前に馴染《なじ》んだ料理屋の女中の産んだ子とはいえ、藩主の子にちがいないのだ。それを、家臣がひそかに暗殺しようというのだから、ただごとではない。

源九郎がそのことを話すと、

「富山さまは、家老になりたかったからではないかな」

と、松浦が口をはさんだ。

松浦によると、江戸家老の重森三左衛門《しげもりさんざえもん》が老齢のこともあって、富山は数年前から後釜を狙っていたという。

「富山は萩乃さまにとりいって、家老になろうとしたのか」

源九郎は首をひねった。藩主にとりいるなら分かるが、正室とはいえ萩乃にとりいっても、望みはかなうまい。

「いや、萩乃さまではない。父親である米倉藩主の近江守さまだ。だからこそ、御留守居役の津川さまと連絡をとりあって、ことを進めたのだ。萩乃さまのために、これだけのことをしていると、近江守さまにも分かってもらうためにな。……近江守さまは殿の舅《しゅうと》であり、米倉藩八万石の藩主だ。殿も、一目置かざるを得ないだろう。その近江守さまと、正室の萩乃さまのおふたりから推挙があれば、江戸家老の座も夢ではないはずだ。富山さまは、そう読んだにちがいない」

松浦が一気にしゃべった。

「津川は、なにゆえ富山と手を結んだとみるな」

寺井戸が訊いた。

「他藩のことゆえ確かなことは分からないが、津川さまもこの先のことを考えたのではないかな。萩乃さまと富山さまに恩を売って置けば、将来の栄進につながると」

「そういうことか」

源九郎は、馬淵や米倉藩士を陰で指図していた黒幕のつながりが、はっきり見えたような気がした。己の栄進のために両藩の御留守居役が手を結び、馬淵という剣の遣い手を剣術指南役という餌《えさ》で釣ってひそかにおせんとおふくを殺そうとしたのである。

いっとき、座敷は重苦しい沈黙につつまれていたが、

「馬鹿をみたのは、おれだけか――」

と、馬淵が顔をしかめて言った。

「おぬしといっしょに動いた米倉藩士も、同じ立場だろう」

寺井戸が言った。

「頼みがある」

馬淵が寺井戸に顔をむけて言った。

「なんだ」

「おぬしは、おれの腕を斬り落とした。そのとき、馬淵新兵衛の命も奪ったのだ」

「そうかもしれぬ」

寺井戸は否定しなかった。

「生き恥を晒《さら》したくない」

「……………」

「おれは、ここで、腹を切る。おぬし、介錯《かいしやく》してくれ」

馬淵の声は、静かだったが強いひびきがあった。顔には、死を決意した者の悽《せい》愴《そう》さがある。

二
「よかろう」

寺井戸は、介錯してやろうと思った。馬淵を生かしておくより、武士らしく死なせてやるのが武士の情けである。

寺井戸は源九郎にも手伝ってもらって、奥の寝間から布団を運んだ。その上で、切腹させるつもりだった。布団は畳を汚さぬためである。それに、死体を始末するときにも使える。家のなかでの切腹のおりは、布団や茣蓙《ござ》などを敷くことが多いのだ。

馬淵は布団のなかほどに座ると、左手で小袖の両襟をひらいて腹をあらわにした。すでに、腹まで流れ出た血で赭黒く染まっている。

「これを遣え」

寺井戸が、自分の小刀を抜いてから馬淵に手渡した。

「すまぬ」

馬淵は左手で小刀をつかんだ。

寺井戸は馬淵の脇に立ち、手にした刀を八相にとった。

馬淵は、フッと一息吐いてから、虚空を睨《にら》むように見すえ、小刀の切っ先を右脇腹に当てた。次の瞬間、全身に力がこもり、切っ先が腹に突き刺さった。

馬淵は、グッという喉のつまったような呻き声を上げ、目尻が裂けるほど目を瞠《みひら》いた。顔が怒張したように赭黒く染まっている。

そのとき、寺井戸の全身に斬撃の気がはしった。

キラッ、と刀身がきらめいた瞬間、骨肉を断つにぶい音がし、馬淵の首が前に垂れた。喉皮を残して、斬首したのである。

次の瞬間、血が馬淵の首根から赤い帯のようにはしった。飛び散った血が、布団を赤い花弁でも撒《ま》くように染めていく。

心ノ臓の鼓動に合わせて血が三度勢いよく飛び散り、後は首根から流れ落ちるだけになった。

馬淵は己の首を左手で抱えるようにして死んでいた。抱き首と呼ばれる格好である。

寺井戸は、大きくひとつ息を吐くと、

「武士らしい最期だ」

とつぶやき、刀身の血を懐紙で拭って納刀した。

「みごとな介錯だったな」

源九郎が寺井戸に声をかけた。

寺井戸は、ちいさくうなずいただけだった。目に悲しげな色がある。寺井戸は、一刀流の遣い手である馬淵の死を悼《いた》んでいるのであろう。

「猪七、おまえも潔く腹を切るか」

源九郎が猪七を見すえて言った。

馬淵の死体を布団に包んで座敷の端に運んだ後、源九郎が猪七を座敷のなかほどに連れ出したのである。

猪七の顔は紙のように蒼《あお》ざめ、体が激しく顫《ふる》えていた。馬淵の凄絶な切腹を目の当たりにして、畏怖《いふ》を覚えたらしい。

「し、死にたくねえ……」

猪七が、声を震わせて言った。

「ならば、包み隠さず話すんだな」

「……」

猪七は怯《おび》えたような目を源九郎にむけたが、何も言わなかった。

「おまえは、与之吉とふたりで、馬淵たちの指図で動いていたのだな」

源九郎が念を押すように訊いた。

「へい……」

猪七は否定しなかった。

「伝兵衛長屋を見張り、寺井戸どのやおせんさんたちの様子を、馬渕たちに知らせていたのもおまえだな」

「そうでさァ。馬渕さまの言いつけで……」

猪七は隠そうとしなかった。いまさら隠しても、どうにもならないという思いがあるのだろう。

「おまえと与之吉は、馬渕と米倉藩士のつなぎ役もしていたな」

「馬渕さまに言われてやりやした」

「やはり、そうか」

源九郎が口をとじたとき、黙って聞いていた松浦が、

「猪七、おまえは、だれから手当をもらっていたのだ」

と、訊いた。ただでは、猪七たちは動かないとみたようだ。

「馬渕の旦那から、たんまりもらいやした」

猪七が口許に薄笑いを浮かべて言った。

「馬渕には、米倉藩から金が渡されていたようだ。……猪七、いずれ、くわしく話を聞かせてもらうぞ」

そう言って、松浦は身を引いた。おそらく、猪七から口書《くちがき》をとるつもりなのだろう。

それから、小半刻（三十分）ほどして、奥の座敷にいた依之助と目付たちがもどってきた。捕えた米倉藩士の訊問を終えたらしい。

依之助たちは、座敷の隅に横たわっている馬淵の死体を見て驚いたような顔をしたが、寺井戸が切腹したときの様子を話すと、

「馬淵には、武士としての矜持《きようじ》があったのですね」

依之助が、感心したように言った。

「ところで、梨田《なしだ》は口をひらいたのか」

寺井戸が訊いた。梨田は捕えた米倉藩士の名だった。

「話しました。どうやら、わが藩と米倉藩の御留守居役同士が辰巳屋でひそかに会い、おせんさまとおふくさまが藩邸に入る前に始末してしまおうと、いろいろ相談していたようです」

「やはりな」

寺井戸が、つぶやくような声で言った。

「念のために、口上書《こうじようがき》もとっておきます」

依之助が、梨田を藩邸に近い横沢藩の町宿に連れていって、もう一度訊問するつもりだと言い添えた。

「猪七は、どうするな。長屋に、連れていってもいいぞ」

源九郎が寺井戸に訊いた。

「そうしてくれるか」

「長屋に置くのも、長い間ではあるまい」

源九郎は、猪七を与之吉といっしょに長屋に閉じ込めておき、依之助たちが口書をとった後、ふたりを南町奉行所の村上に引き渡すつもりだった。ふたりとも、賭場に顔を出しているようなので、村上が博奕《ばくち》の科《とが》でふたりを捕えてくれるだろう。

三

「退屈だな。……華町、将棋でも指さんか」

菅井が生欠伸《なまあくび》を嚙み殺しながら言った。

源九郎の家だった。小半刻（三十分）ほど前、菅井が顔を出し、ふたりで茶を飲んでいたのだ。

「そんな暇はない。そろそろ、松浦どのたちが、長屋に来るころだぞ」

今朝、源九郎のところに寺井戸が顔を見せ、松浦と依之助が、その後の様子を話すために長屋に来ると知らせたのだ。

源九郎たちが芝田町に出かけ、米倉藩の町宿に身をひそめていた馬淵たちを討ってから半月ほど過ぎていた。

この間、いろいろな動きがあった。松浦と依之助が、長屋に監禁していた与之吉と猪七をあたらめて吟味し、ふたりから口書をとった。その後、源九郎たちが与之吉たちを村上に引き渡し、いま長屋にはいなかった。

また、捕えた梨田は依之助たち目付があらためて訊問し、念のために口上書をとった上で、屋敷から出されたという。

その後、梨田は姿を消したそうだ。米倉藩には、もどれなかったらしい。

「松浦どのたちが見えたらやめればいい」

菅井が言った。

「途中で、やめるくらいなら、初めから指さん方がいい」

「華町、おれに恐れをなしているな」

菅井が上目遣いに源九郎を見ながら言った。

「なんのことだ？」

「将棋だよ。おれが、ちかごろ寺井戸どのにも勝つようになったので、勝ち目がないとみているのだろう」

「ば、馬鹿な」

源九郎は次の言葉が出なかった。

寺井戸は同居させてもらっている手前、ときどき菅井に華を持たせて負けてやっているのだ。それを、菅井は気付かず、自分の腕が上がったと勘違いしている。

「何なら、飛車を落としてやってもいいぞ」

菅井が得意そうな顔をした。

「指す気はない」

源九郎がそう言ったとき、戸口に近付いてくる足音がした。

腰高障子があいて、寺井戸が顔を出した。

「松浦どのと依之助がみえたが、ここに、連れてこようか」

寺井戸が訊いた。

「いや、わしたちが行く」

源九郎はすぐに立ち上がった。

源九郎たちは、すぐに菅井の家にむかった。土間に、松浦と依之助が立ってい
た。来たばかりらしく、網代笠《あじろがさ》を手にしている。

「上がってくれ」

菅井が声をかけ、座敷に上がった。

源九郎、菅井、寺井戸、松浦、依之助の五人が、座敷に腰を落ち着けると、

「茶を淹《い》れようか」

と、菅井が訊いた。

「茶より、水を一杯いただけようか」

松浦が言った。顔がいくぶん紅潮している。愛宕下から歩いてきたからであろ
う。

「水でいいのか」

菅井は土間の隅の流し場に行き、水瓶《みずがめ》の水を湯飲みに汲んで松浦と依之助の膝
先に置いた。

源九郎は松浦たちが水を飲み、一息つくのを待ってから、

「藩邸で、何か動きがあったのかな」

と、訊いた。

「あった。……まず、御留守居役の富山さまだが、病を理由に隠居願いを出したようだ」

松浦が声をひそめて言った。

「隠居願いを！」

思わず、源九郎は聞き返した。

「持病の疝気《せんき》が重くなったとの理由だが、むろん口実だ。……われらが、馬淵を斬り、いっしょにいた米倉藩士を捕えて吟味したことを知り、言い逃れできないとみて処罰される前に手を打ったのだろう」

松浦が言った。

「それで、藩主の忠吉さまは？」

「隠居願いは保留したままだが、近いうちに沙汰《さた》がくだされるはずだ。殿も、あまり表沙汰にできない件なので、慎重になっておられるようだ」

松浦によると、とりあえず隠居の上に減石《げんこく》の沙汰があるのではないかという。

「米倉藩の方はどうなる」

源九郎は、横沢藩として米倉藩に手は出せないだろうが、このままでは中途半端な気がした。

そのとき、源九郎と松浦のやり取りを聞いていた依之助が、

「御留守居役の津川さまは、謹慎しているそうです」

と、口をはさんだ。

「謹慎な。……米倉藩でも見て見ぬふりをしているわけにはいかないのだろうな」

「富山さまと津川さまが、共謀してことを起こしたことははっきりしてますし、此度の件にかかわった米倉藩士は、いずれも死んだり逐電したりしています。津川さまも、このままということはないはずです」

依之助が語気を強くして言った。

「そうだろうな。……ところで、萩乃さまは」

源九郎が訊いた。此度の件の元凶は、萩乃といってもいいのかもしれない。

「殿は、萩乃さまに何の話もされてないようだが、いま、萩乃さまは謹慎されているらしい」

松浦が言った。

「うむ……」

謹慎だけではすまないだろう、と源九郎は思った。

「それが、萩乃さまは此度の件の首謀者ではないようなのだ。……おせんさまやおふくさまが襲われ、殺されそうになったと聞いて、ひどく驚かれ、萩乃さまから殿にお聞きしたそうだ」

「どういうことだ」

源九郎が訊いた。

「萩乃さまは、殿がおせんさまとおふくさまを藩邸に呼びたいと仰せになったとき、ひどく取り乱した。その後、御留守居役の富山さまと会われ、あのような者がいなければいい、と涙ながらに訴えたらしい。……それを聞いた富山さまは、米倉藩の津川さまと会い、おせんさまたちを亡き者にする陰謀をめぐらせたようだ。……萩乃さまは、富山さまたちが、おせんさまたちの命を狙うなど、思ってもみなかったらしい」

「そういうことか」

萩乃にはそれほどの罪はない、と源九郎は思った。忠吉もそのことは承知していて、なるべく穏便にすませるつもりであろう。

次に口をひらく者がなく、座敷が沈黙につつまれたとき、

「おせんさまとおふくさまは、どうされている」

と、松浦が声をあらためて訊いた。

「長屋にいるが」

寺井戸が言った。

「殿からもう一度、おせんさまのお気持ちを聞いてくるよう命じられてな。寺井戸どの、おせんさまの家に同行してもらえないかな」

「かまわんよ。これから、行くか」

寺井戸が腰を浮かせた。

源九郎と菅井は遠慮した。ふたりには、かかわりのないことだと思ったのである。

四

「華町の旦那、食べるかい」

お熊が丼《どんぶり》を手にして言った。

五ツ（午前八時）ごろだった。源九郎が、昨日の夕餉《ゆうげ》の残りめしを湯漬けにして食っていると、お熊が顔を出した。丼には、ひじきと油揚げの煮染《にしめ》が入っていた。お熊夫婦が、朝餉に食べた残り物らしい。

「すまんな」

さっそく、源九郎は煮染に箸を伸ばした。

うまい。お熊が持ってきてくれる煮染や漬物などは、いつもうまかった。

「旦那、いよいよだねえ」

お熊は、上がり框《がまち》に腰を下ろして言った。

「なんのことだ」

「今日は、おせんさんとおふくちゃんが、長屋を出る日じゃァないか」

お熊がしんみりした口調で言った。

「そうだったな」

松浦と依之助が長屋に藩の様子を話しにきて半月ほど経っていた。

長屋に来た日、松浦たちはおせんと会い、あらためて藩邸で暮らす気はないか確認したらしい。

おせんは、はっきりと藩の屋敷には入らず、町人の母子として生きていきたいと答えたという。

その後、十日ほどして、ふたたび松浦が長屋に来て、忠吉の意向として以前住んでいた高輪の借家に住むようおせんに伝えた。忠吉にすれば、高輪なら藩邸からそれほど遠くなく、かといって目と鼻の先でもないので、ひそかに母子と会うにはちょうどよい距離らしい。

おせんは、忠吉の意向にしたがい、高輪に住むことを承知した。そして、今日、おせんとおふくは、長屋を出ることになっていたのだ。

「寺井戸の旦那は、どうするんだい」

お熊が訊いた。

「さあな」

源九郎は、寺井戸がどうするか聞いていなかった。

菅井は将棋相手ができたといって、寺井戸といっしょに住むことを嫌がっていなかったが、おせんとおふくが長屋にいなくなったら、寺井戸は長屋を出るのではあるまいか。

「旦那、食べ終わったら、おせんさんたちの家に行ってみようよ。……おまつさんやお妙さんは、朝から行ってるようだよ」

お熊によると、ふたりはおせんの家の掃除や荷物の整理などを手伝っているという。荷物の整理といっても、すでに一昨日、松浦と依之助とで高輪に運んでいたので、ふたりの身のまわりの物しかないはずである。

「お熊、先に行っててくれ。おれは、後からいく」

源九郎は、おせんたちの家には松浦たちが迎えにきたとき、行けばいいと思っていた。それより、菅井の部屋を覗《のぞ》いてみるつもりだった。寺井戸は、長屋を出る気なのか訊いてみようと思ったのである。

「おせんさんの家に、行ってみようかね」

お熊は立ち上がると、先に行くよ、と言い残して、戸口から出ていった。

源九郎は朝めしを食べ終えると、菅井の部屋に行ってみた。思ったとおり、ふたりは将棋盤を前にして座っていた。

「おお、華町どの、いいところに来てくれた。……わしは、四、五手で詰みそうだ。次は、おぬしの番だぞ」

寺井戸が、ほっとしたような顔をして言った。

やはり、寺井戸は菅井の相手をさせられていたらしい。おそらく、菅井に華を持たせ、この局だけでおしまいにしようとしていたのだろう。

「いやいや、松浦どのたちが迎えに来るまで、もう一局指せるのではないか」

源九郎は座敷に上がらず、上がり框に腰を下ろして言った。

「困る。わしも、支度せねばならんのだ。華町どの、代わってくれ」

寺井戸は膝を源九郎にむけ、訴えるような声で言った。

「支度だと。おぬしも、おせんさんたちといっしょに高輪まで行くのか」

源九郎が訊いた。

「そのつもりだ」

「この長屋を出るのか」

「いや、そうではない。今日は、松浦どのたちと送っていくだけだ」

「それなら、支度はいるまい」

「いや、支度をせねばならん」

寺井戸が、訴えるような口調で言った。

すると、将棋盤を睨んでいた菅井が、

「寺井戸どの、おぬしの番だ、おぬしの」

と、渋い顔をして言った。

「おお、そうか」

寺井戸は、考えもせずに王の前に金を打った。

「うむ、王手か……」

また、菅井が将棋盤を睨み始めた。

「あと、四、五手で詰むな」

寺井戸が言った。

「……詰むぞ。飛車で金をとれば、王手になる」

菅井が、ニンマリして言った。どうやら、四、五手先まで読んで、勝ちを確信したらしい。

「わしの負けだ。……いや、菅井どのには勝てん」

「それほどでもないがな」

菅井が顎を突き出すようにして言った。

「次は、華町どのに頼む」

そう言い置き、寺井戸は立ち上がった。

「華町、相手になってやるぞ」

菅井が、将棋盤に駒を並べ始めた。

寺井戸は羽織袴姿になり、網代笠を手にした。おせんたちを送っていく、と言ったのは嘘ではないらしい。

そのとき、腰高障子の向こうで、慌ただしそうな複数の足音が聞こえ、「松浦さまだ」「お迎えに来たらしいよ」などという長屋の女房連中の声が聞こえた。

どうやら、松浦が来たらしい。

「松浦どのが、みえたようだぞ」

そう言って、源九郎が立ち上がった。

「来たか、来たか」

寺井戸は、網代笠を手にして戸口に出てきた。

「菅井、どうする。行くか」

源九郎が訊いた。

「行く。……ひとりで、将棋は指せんからな」

菅井も、仕方なさそうに立ち上がった。

おせんの家の前に長屋の女房連中だけでなく、子供や年寄りの姿もあった。お熊やおまつの顔もある。

「華町の旦那、松浦さまが来てるよ」

お熊が源九郎に身を寄せて言った。

「そうらしいな」

源九郎たちは、腰高障子をあけて土間に入った。お熊やおまつは、あいたままになった腰高障子の間からなかを覗いている。

松浦と依之助は、上がり框に腰を下ろしていた。おせんとおふくは、座敷に腰を下ろしていた。ふたりは、長屋にいるときより小綺麗な格好をしていた。おせんは、うっすらと化粧をし、おふくは新しい花柄の単衣《ひとえ》に赤い帯をしめていた。おふくは、ニコニコしている。新しい着物が嬉しいらしい。

源九郎たちが戸口に立つと、おせんが、

「華町さまや菅井さまには、いろいろお世話になりました」

そう言って、頭を下げた。

すると、脇に座していたおふくも、

「お世話になりました」

とすこし舌足らずの声で言って、おせんといっしょになって頭を下げた。

「病気や怪我をせぬようにな」

源九郎が、ふたりに声をかけた。

戸口にいたお熊やおまつたちが、「おせんさん、また、長屋に寄っておくれ」

「おふくちゃん、遊びにおいで」などと、しんみりした声で言った。

おせんは立ち上がり、おふくと土間に下りると、戸口にいた女房連中や子供たちにも礼を言った。女房や子供のなかには、涙声で別れの言葉を口にする者もいた。

「さて、まいろうか」

寺井戸が声をかけた。

依之助と松浦につづいて、おせんとおふくが外に出た。おせんは風呂敷包みを手にしていた。身のまわりの物が入っているらしい。

おせんたちは、路地木戸に足をむけた。源九郎や菅井につづいて、ぞろぞろと長屋の者たちがついていく。

おせんたちは路地木戸のところで足をとめ、見送りに来た長屋の者たちにあらためて礼を言って路地に出ていった。

源九郎と菅井は路地木戸のところに立ったまま、遠ざかっていくおせんたちの後ろ姿を見送っていたが、

「寺井戸どのは、帰ってくるかな」

菅井が心配そうな顔で源九郎に訊いた。

「寺井戸どのの荷物は、部屋に残っているのか」

「残っている」

「それなら、帰ってくるだろう」

「そうだな」

菅井がほっとしたような顔をした。

やがて、おせんたちの姿は路地の先に見えなくなった。

「そうだ！」

いきなり、菅井が声を上げた。

「どうした？」

「将棋だ！　次の相手は、華町と決まっていたではないか」

菅井が源九郎の顔を見つめながら言った。

「決まっていたわけではないぞ」

源九郎はそう言ったが、思いなおした。

久し振りで、菅井の相手をする気になったのである。

「やるか」

「やるやる」

ふたりは、菅井の家に足早にむかった。

双葉文庫

と-12-40

はぐれ長屋《ながや》の用心棒《ようじんぼう》

娘連《こづ》れの武士《ぶし》

2014年8月10日　第1刷発行

【著者】
鳥羽亮《とばりょう》

【発行者】
赤坂了生

【発行所】
株式会社双葉社
〒162-8540 東京都新宿区東五軒町3番28号
[電話] 03-5261-4818(営業)　03-5261-4833(編集)
www.futabasha.co.jp
(双葉社の書籍・コミックが買えます)

【印刷所】
慶昌堂印刷株式会社

【製本所】
株式会社若林製本工場

【表紙・扉絵】南伸坊
【フォーマット・デザイン】日下潤一
【フォーマットデジタル印字】飯塚隆士

落丁・乱丁の場合は送料双葉社負担でお取り替えいたします。
「製作部」宛にお送りください。
ただし、古書店で購入したものについてはお取り替えできません。
[電話] 03-5261-4822(製作部)

定価はカバーに表示してあります。

ISBN978-4-575-66678-6 C0193
Printed in Japan

鳥羽亮
はぐれ長屋の用心棒
きまぐれ藤四郎
長編時代小説
〈書き下ろし〉
長屋の住人の吾作が強盗に殺された。残された娘のおしのは、華町源九郎や新しく用心棒仲間に加わった島田藤四郎に、敵討ちを依頼する。

鳥羽亮
はぐれ長屋の用心棒
おしかけた姫君
長編時代小説
〈書き下ろし〉
家督騒動で身の危険を感じた旗本の娘が、島田藤四郎の元へ身を寄せてきた。華町源九郎は騒動の主犯を突き止めて欲しいと依頼される。

鳥羽亮
はぐれ長屋の用心棒
疾風《はやて》の河岸《かし》
長編時代小説
〈書き下ろし〉
鬼面党と呼ばれる全身黒ずくめの五人組が、大店に押し入り大金を奪い、家の者を斬殺した。華町源九郎らは材木商から用心棒に雇われる。

鳥羽亮
はぐれ長屋の用心棒
剣術長屋
長編時代小説
〈書き下ろし〉
はぐれ長屋に住んでいた島田藤四郎が剣術道場を開いたが、門弟が次々と襲われる。敵の狙いは何か？　源九郎らが真相究明に立ちあがる。

鳥羽亮
はぐれ長屋の用心棒
怒り一閃
長編時代小説
〈書き下ろし〉
陸奥松浦藩の剣術指南をすることとなった、華町源九郎と菅井紋太夫を襲う謎の牢人たち。ついに紋太夫を師と仰ぐ若い藩士まで殺される。

鳥羽亮
はぐれ長屋の用心棒
すっとび平太
長編時代小説
〈書き下ろし〉
華町源九郎たち行きつけの飲み屋で客二人と賄いのお峰が惨殺された。下手人探索が進むにつれ、闇の世界を牛耳る大悪党が浮上する！

鳥羽亮
はぐれ長屋の用心棒
老骨秘剣
長編時代小説
〈書き下ろし〉
老武士と娘を助けたのを機に、出奔した者を上意討ちする助太刀を頼まれた華町源九郎と菅井紋太夫。東燕流の秘剣〝鍔鳴り〟が悪を斬る！

飯島一次
朧屋彦六 世直し草紙
浮世頭巾
長編時代小説〈書き下ろし〉

戯作好きが高じて式亭三馬に弟子入りし、彦六の名を貰った旗本の次男坊・関口格之介。頭巾の美剣士姿で題材を探す格之介に陰謀が迫る。

飯島一次
朧屋彦六 世直し草紙
風雷奇談
長編時代小説〈書き下ろし〉

見世物小屋で「浮世頭巾」の看板を目にした朧屋彦六。それは江戸を揺るがす悪事の始まりだった……。大好評シリーズ第二弾。

飯島一次
朧屋彦六 世直し草紙
四十七人の盗賊
長編時代小説〈書き下ろし〉

人は殺めず、狙うは旅籠の大金。盗賊「夜鴉一味」が企む江戸を揺るがす大陰謀を朧屋彦六は阻止できるのか。好評シリーズ衝撃の最終巻。

飯島一次
三十郎あやかし破り
ねずみ大明神
長編時代小説〈書き下ろし〉

神田の「お化け長屋」に住む鏡三十郎は、「魔性封じの先生」として、今日も奇妙な依頼が引きも切らない。待望の新シリーズ第一弾！

飯島一次
三十郎あやかし破り
本所猿屋敷
長編時代小説〈書き下ろし〉

江戸市中で大きな猿が若い女を襲う事件が多発する。三十郎は事件の探索に乗り出すが、事態は思わぬ方向に展開する。新シリーズ第二弾。

風野真知雄
若さま同心 徳川竜之助
双竜伝説
長編時代小説〈書き下ろし〉

師匠との対決に辛勝した竜之助だが、風鳴の剣はいまだ封印したまま。折しも、易者殺しの下手人に、土佐弁を話す奇妙な浪人が浮上する。

風野真知雄
若さま同心 徳川竜之助
最後の剣
長編時代小説〈書き下ろし〉

正式に同心となった徳川竜之助。だが、尾張藩の徳川宗秋の悪辣な罠に嵌まり、ついに風鳴の剣と雷鳴の剣の最後の闘いが始まる！